Das Buch

Gott ist dabei die Welt zu erschaffen. Doch kaum hat er damit begonnen, stellen sich ihm schon die ersten Fragen. Und zwar ganz grundlegende. Wer ist er überhaupt? Woher kommt er? Und woher kommt dieses teuflische Alter ego, das ihm ständig versucht, die Welt zu erklären – die er doch schließlich selbst im Begriff ist zu erschaffen?

Spätestens als Adam und Eva entstehen, wird klar, dass aller Anfang nicht ganz so einfach – und die Schöpfung voller Tücken ist. Denn die Herrschaften haben ihre eigenen Pläne. Und auch der weitere Lauf der Menschheitsgeschichte gibt nicht immer zur Freude Anlass.

Der Autor

Lucien Deprijck ist in Sachen Literatur vielfältig tätig, als Autor, Übersetzer und Herausgeber. Bekannt wurde er mit Romanen wie »Die Wälder der Verschollenen« und »Ein letzter Tag Unendlichkeit«, vor allem aber mit seinem Erzählband »Die Inseln, auf denen ich strande«. Zuletzt erschien der Roman »Das kommende Leben«.

Lucien Deprijck

Gott in den Tagen der Schöpfung

Roman

Impressum

Bibliografische Information der Deutschen
Nationalbibliothek:
Die Deutsche Nationalbibliothek verzeichnet diese
Publikation in der Deutschen Nationalbibliografie;
detaillierte bibliografische Daten sind im Internet über
http://dnb.dnb.de abrufbar.

Erste Auflage 2024
© 2024 Lucien Deprijck
Covergestaltung: Vera Cort

Lektorat: Marina Jenkner
Herausgeber: ML Books, Köln & Wuppertal

Verlag: BoD • Books on Demand GmbH,
In de Tarpen 42, 22848 Norderstedt
Druck: Libri Plureos GmbH,
Friedensallee 273, 22763 Hamburg

ISBN: 978-3-7597-8765-1

*»Ich breite mein Haupt durch die
Himmel, meinen Arm aus durch die
Unendlichkeit, sage: ich bin Ewig!«*

Friedrich Gottlieb Klopstock
Messias, 1. Gesang

1

Gott wunderte sich.

Über so manches. Vor allem aber über seine eigene Existenz.

Wer, zum Teufel, dachte er, hat mich eigentlich erschaffen?

Erschaffen hatte er selbst eine Menge. Eine Welt. Besser gesagt einen ganzen Haufen Welten. Die zusammengenommen die Welt ergaben. Das Ganze war im Eifer des Augenblicks ein wenig aus dem Ruder gelaufen und unüberschaubar geworden. Ein Ende war zumindest nicht mehr zu erkennen. Und somit auch kein Anfang. Wie könnte auch etwas nicht enden, was irgendwann angefangen hat? Nicht enden konnte es doch bloß, wenn es auch nicht angefangen hatte. Denn alles, was anfängt, endet irgendwann. Und alles, was gar nicht erst angefangen hat, kann auch nie wieder aufhören. So gesehen war die Unendlichkeit niemals anfänglich gewesen. Und ohne Endlichkeit gab es also auch keine Anfänglichkeit.

Eigentlich war es ganz einfach.

Allerdings warf diese Sichtweise gewisse Probleme auf. Denn so betrachtet hätte er, Gott, ja eigentlich, genau besehen, gar nichts getan. Jedenfalls nichts Wesentliches. Es sei denn, er hätte das alles in Gang gesetzt – ja, das wäre etwas anderes gewesen. Denn wer etwas in Gang setzt, fängt auch etwas an. Hatte er das aber … wenn er nicht mal wusste, woher er selbst kam? Und woher immer er kam – setzte dieses Kommen nicht etwas bereits Existierendes voraus? Denn kommen konnte man ja schließlich nicht ins Nichts. War also in Wahrheit alles schon dagewesen? Am Ende schon immer? Er konnte sich nicht daran erinnern. Und wie hätte man sich auch an ein unbegrenzt schon Gewesenes erinnern können?

Hatte eine Schöpfung dann aber überhaupt je stattgefunden?

Fest stand, dass er sich für das alles (zumindest mit-)verantwortlich fühlte, und irgendeine Rolle musste ihm bei alldem zukommen. Eine Sinnlosigkeit seiner Existenz anzunehmen, wäre eigentlich … sinnlos gewesen. Er war ja schließlich nicht umsonst da. Von nichts kommt nichts, also musste auch er einen Ursprung haben. Dachte er, während er sich ein Bild davon machte, was da eigentlich bislang zustande gekommen war.

Gott wandelte also durch diese seltsam geschaffen-ungeschaffen beschaffene Welt und schaute sich um. Wirklich viele Welten waren da entstanden, Sonnen jeder Größe und Art und allerlei Himmelskörper, Planeten, Asteroiden und Kometen, Wolken und Sternennebel, Galaxien und Galaxienhaufen, die sich zu spiralförmigen Gebilden gruppierten, welche wiederum nur Teil eines übergeordneten Systems im System waren. Allzu weit konnte man dabei nicht blicken. Nach dem, was zu überschauen war, zeigten sich die allermeisten Planeten als gasförmig und somit zwar zuweilen hübsch anzusehen, jedoch völlig unbrauchbar für höhere Ziele, oder aber andernfalls fest, mit geologischen Strukturen, und dabei auffallend öde. In der Regel wüstenhaft und verkratert. Manche Planeten waren nicht mal rund, sondern sahen aus wie verbeult, wie Gebilde, für die es die entsprechenden Namen noch nicht gab. Weshalb direkte Vergleiche – etwa mit Kartoffeln – hier verfrüht wären.

Denn viel gab es ja anfangs noch nicht. Das Universum war eine ziemlich triste Angelegenheit. Warum Gott es überhaupt geschaffen hatte – wenn überhaupt – wusste er eigentlich selber nicht so recht. Es war aus einem Impuls heraus geschehen. Und jetzt, wo es da war, war es zu spät. Für eine Nicht-Existenz. Logisch, da ja nichts gleichzeitig existieren und nicht existieren kann. Schließlich hat alles seine Grenzen. Das Universum vielleicht mal ausgenommen.

Wie dem auch sei, Gott ließ diese Frage nicht los. Woher komme ich ... und wohin gehe ich? Was genaugenommen schon zwei Fragen waren. Auch wenn es aufs Gleiche hinauslief.

Den Einzigen, den er zu diesem Zeitpunkt fragen konnte, war sein Über-Ich. Das seltsamerweise auch existierte. Oder auch nicht, wie man's nimmt. Vielleicht bestand es ja nur in seiner Einbildung. Und es lief darauf hinaus, dass er Selbstgespräche führte. Wobei dann wiederum Rätsel aufgibt, dass dieses Über-Ich auf alle Fragen eine Antwort hatte. Oder das zumindest vorgab.

»Woher komme ich eigentlich?«, fragte Gott. »Wer hat mich erschaffen?«

»Die Menschen«, sagte das Über-Ich. Das wir, der Einfachheit halber, einmal Ab-Gott nennen wollen. Immerhin war es ja, sozusagen, ab-göttisch. »Die Menschen haben dich erschaffen, nach ihrem Ebenbild.«

»Die Menschen? Was ist denn das?«

»Etwas, was du noch nicht erschaffen hast.«

Es mag seltsam erscheinen und so ausgedrückt reichlich despektierlich klingen, doch da verstand Gott erstmal gar nichts mehr.

»Etwas, was ich noch nicht erschaffen habe? Und was soll das sein?«

»Wesen, lebende Kreaturen, die du nach deinem Ebenbild erschaffen wirst.«

»Nach meinem Ebenbild? Ich denke, die haben mich nach ihrem Ebenbild erschaffen?«

»Na ja, das kommt doch auf dasselbe raus.«

»Wie können sie mich nach ihrem Ebenbild erschaffen, wenn ich sie noch gar nicht erschaffen habe – nach meinem?«

»Das ist eines der Paradoxien dieser Welt. Eine Welt an sich kann ja nur aufgrund von

Paradoxien bestehen. Das wirst du wohl einsehen. Denn mit Logik braucht man in Bezug auf die Schöpfung einer ganzen Welt erst gar nicht zu kommen. Das ist so wie mit der Henne und dem Ei – Dinge, die du ebenfalls erst noch erschaffen wirst. Und wenn sie mal da sind, wirst du schon verstehen, was ich meine.«

»Aber wie kann ich all diese seltsamen Dinge erschaffen, wenn ich sie doch gar nicht kenne – und keinerlei Vorstellung davon habe?«

»Na, das kommt schon alles. Und was die Menschen betrifft, ist es doch ziemlich logisch, dass du sie nach deinem Ebenbild erschaffst. Wonach schließlich sonst?«

»Das soll logisch sein? Ich dachte, Logik taugt zu nichts.«

»Manchmal taugt sie was und manchmal wieder nicht. Stringenz ist noch viel untauglicher für diese Welt. Da widerspricht sich vieles. Zwangsläufig. Denn wenn alles logisch wäre, dann wäre die Logik ja ein brauchbares Prinzip. Ist sie aber nicht, und deshalb kann sie nicht logisch sein. Ist doch logisch, oder?«

»Finde ich nicht.«

»Eben! Genau, was ich meine! Und da die Menschen, die du erst erschaffen wirst, dich nach ihrem Ebenbild erschaffen werden, das es noch gar nicht gibt, erschafft ihr euch, sozusagen, gegenseitig. Anders wäre es auch kaum vorstellbar. Kontinuität ist in dieser Weltordnung nämlich auch nicht gegeben, da darf man sich keinen falschen Hoffnungen hingeben.«

»Hm. Das ist alles … noch etwas verwirrend. Diese Henne … und das Ei … erschaffe ich die also auch nach meinem Ebenbild?«

»Nein, die natürlich nicht.«

»Aha. Und wie sonst?«

»Dabei lässt du deine Fantasie spielen. Die denkst du dir aus.«

»So? Und wie soll das bitte gehen? Hast du nicht gesagt, es wäre gar nicht anders vorstellbar, dass ich etwas nach meinem Ebenbild erschaffe?«

»Ja! Aber habe ich nicht auch deutlich gesagt, dass es in dieser Welt weder Kontinuität noch Logik gibt?«

»Also ist alles, was du sagst, am Ende relativ …«

»Genau. Alles ist relativ. Was die Dinge kompliziert. Aber auch wiederum vereinfacht. Es macht nämlich vieles möglich. Eigentlich sogar alles. Alles ist denkbar. Ganz undenkbar, dass etwas nicht denkbar wäre.«

»Kann ich mir aber nicht denken.«

»Was dich, nach allem, was ich dir erklärt habe, überhaupt nicht wundern sollte.«

Gott schwieg. Eine Weile.

»Also gut. Und wann fange ich mit dieser Schöpferei im Detail an?«

»Am besten sofort. Und genaugenommen ist ja, weil es Stringenz und Kontinuität nur sehr

scheinbar gibt, alles bereits geschehen. Es könnte
ja auch gar nicht nicht geschehen, wenn es nicht
bereits angelegt wäre.«

»Dann bin ich also eigentlich schon mit allem
fertig.«

»Ja, also fang endlich an!«

2

Da machte sich Gott also ans Werk.

Begab sich an den weiteren Schaffensprozess.

Wobei es ja schön gewesen wäre, das bisher Geschaffene mal genauer in Augenschein zu nehmen, sich auf eine ausgedehnte Reise durch das bislang schon Geleistete zu begeben. Gelohnt hätte sich das gewiss. Aber Gott merkte bald, dass die Dinge einer gewissen Abfolge unterworfen waren und er, wenn man es also (wieder mal) genau nahm, über einen freien Willen gar nicht verfügte. Sonst hätte er die Dinge zum Beispiel auch ungeschehen machen können. Was aber nicht geschah.

Wobei nicht auszuschließen war, dass er früher bereits Dinge ungeschehen gemacht hatte. Schließlich, wer wollte sich noch an sie erinnern, wenn sie ungeschehen waren? Dass er bereits mehrmals angesetzt hatte, war also – zumindest theoretisch – möglich.

Sein Gefühl sagte ihm allerdings etwas anderes. Diese Welt zu erschaffen, das war einfach »dran« gewesen. Nach der Schöpfung der Zeit war diese dann auch zwangsläufig reif, das ergab sich quasi von selbst. Irgendwann war die Zeit immer reif für Dinge, das hatte sie so an sich, und dass das so war, daran konnte schon bald kein Zweifel mehr bestehen. Schöpfen ist auch immer ein Akt innerer Berufung und Inspiration, solchen Vorgängen kann man nicht mit Nüchternheit kommen, da gibt es nichts zu ergründen. Eine gewisse Begabung war dabei durchaus förderlich. Ob es vor ihm schon andere, unbegabtere Götter gegeben hatte, war Gott nicht bekannt. Unmöglich war das nicht, er wollte das nicht einfach so von der Hand weisen. Nur neben sich wollte er keine dulden, das stand fest. Ohne zu diesem Zeitpunkt zu ahnen, wie sehr er in dieser Hinsicht noch auf die Probe gestellt werden würde.

Gott schuf also – und schaffte dabei ziemlich viel. Und war dann auch ziemlich geschafft, regelrecht erschöpft. Was bei einem Akt der Schöpfung, wenn er einmal – und sei es nur vorübergehend – zum Abschluss gekommen ist, nicht verwundern muss.

Da war einiges herausgekommen. Die Zeit. Der Raum. Die Dunkelheit, das Licht. Materie. Anti-Materie. Gott stellte bald fest, dass es zu allem, was er zunächst erschuf, immer ein Pendant geben musste, das ergab sich so. Lärm und Stille. Weite und Enge. Liebe und Hass. Und so weiter und so fort.

Womit wir allerdings schon wieder vorgreifen.

Nicht lange, und das Ganze bereitete ihm Freude. So war das, wenn man erst mal richtig in Schwung kam. Und den Bogen raus hatte. Er schuf und schuf.

Schuf. Und schuf. Und schuf.

Aber an die Hauptsache traute er sich nicht so recht heran. Ja, er zögerte es regelrecht hinaus. Diese Schöpfung des Menschen, nach seinem Ebenbild. Schließlich hatte er alle Zeit der Welt. Sie spielte tatsächlich nicht die geringste Rolle. Ungeheure Zeitabstände ließ er verstreichen. Ohne dass das die geringste Bewandtnis hatte. Niemand drängte ihn. Und das Ganze hatte wahrhaftig keine Eile.

Wobei es natürlich – auch wenn es ewig Zeit hatte – nicht ewig Zeit hatte.

Vielleicht verzögerte sich auch alles ein wenig, weil Gott ins Grübeln geriet.

Wenn es zu allem immer ein Pendant geben musste, ein Gegenstück, ein widersprüchliches Anderes, war das dann nicht tatsächlich das Urprinzip aller Existenz?

Was, wenn infolgedessen der Kraft des Göttlichen eine andere, verderbliche entgegenstand? Es eine Instanz gab, die bemüht war, die Bemühungen einer Urmütterlichkeit oder gütiger väterlicher Schöpfer zunichte zu machen?

Was, wenn das Dasein selbst für Gott nicht eben ein Zuckerschlecken war?

3

Eines Tages merkte Gott, dass die Stimme, die ihn begleitete und in der er sein Über-Ich vermuten musste, in Wahrheit jemand ganz anderes war.

Jemand, der nun langsam hinter seiner Maske hervorkam. Der ihn beobachtete. Ihn im Auge hatte.

Woraufhin er nicht wenig erschrak. Immer von jemandem gesehen zu werden, egal was man tat? Keine besonders verlockende Vorstellung. Und überhaupt: jemand, der ihn – Gott – beobachtete? Immerhin, man stelle sich das vor: Da ist man ganz allein auf weiter Flur, allmächtig, allgegenwärtig, allgemeingültig, es gibt scheinbar niemand anderen als einen selbst … und dann so was!

»Teufel nochmal, wer bist du denn?«

»Warum fragst du … wenn du's offenbar schon weißt?«

Eine Äußerung, die Gott erstmal die Sprache verschlug. Er dachte nach, in aller Eile.

»Und wo kommst du überhaupt her? Ich meine: Wer hat dich erschaffen?«

»Da ich nichts dergleichen getan habe, nehme ich doch an, dass du es selber warst. Unwillkürlich. Was ja auch nicht einer gewissen Logik entbehrt.«

»Ach so?«

»Na klar. Du als schöpferische, erbauende Kraft brauchst ein widerstreitendes Element, das Destruktive. Denn dass alles einen Widerpart, ein Gegenteiliges haben muss, hast du ja schon bemerkt.«

Das war leider ziemlich – um nicht zu sagen verdammt – logisch. Und immerhin hatte er so was ja kommen sehen. Doch baff, wie er nun zwangsläufig einstweilen war, betrachtete er diesen merkwürdigen Kerl, der da urplötzlich aufgetaucht war. Beziehungsweise sich nun zu erkennen gab.

Nicht dass er gut zu erkennen gewesen wäre. Er hatte etwas seltsam Unfassbares. Unkörperlich – und doch sichtbar. Unspezifisch, geschlechtlich und überhaupt. So betrachtet, sah er eigentlich ganz gewöhnlich aus. Ganz unverdächtig. Hatte geradezu ein Allerweltsgesicht.

»Ich bin dir ziemlich ähnlich, was?«

Da war was dran. Leider. Wenn man ehrlich war und sich nichts vormachte, sahen sie sich zum Verwechseln ähnlich.

Gott gefiel die ganze Sache nicht. Er war sich zwar ziemlich einsam vorgekommen und eigentlich war Gesellschaft zu haben nicht das Schlechteste. Im Grunde die ideale Lösung. Jemanden zum Quatschen. Mit dem er sich austauschen konnte. Aber jetzt, wo da jemand war, so plötzlich, ging ihm das gehörig gegen den Strich.

»Destruktiv«, sagte er, »soso. Und was soll das heißen? Dass du alles von mir Geschaffene wieder zerstören willst?«

Der Teufel zuckte die Schultern. So genau wusste er das selbst (noch) nicht.

»Wenn ich dein Widerpart bin, werde ich vermutlich immer Gegenteiliges im Sinn haben. Im Übrigen ist überhaupt nicht einzusehen, dass das alles dir untersteht.«

»Na, ich hab's ja schließlich geschaffen!«

»Na und?«

Na und … na und …! Du tauchst hier auf, aus dem Nichts, hast – wie du selbst zugibst – nicht das Geringste mit der Schöpfung zu tun – und doch willst du über alles verfügen!«

Der Teufel sah unbeeindruckt aus. Ein Wesenszug, der sich im Weiteren nicht geben würde.

»Dann zerstör mich doch!«, sagte er. Ganz schön frech.

»Die zerstörerische Kraft bist du – schon vergessen?«

Der andere breitete schulterzuckend die Arme aus und griente. Was wohl so viel heißen sollte wie *Na eben!* »Außerdem brächtest du es ja sowieso nicht fertig.«

»Ach nein?« Gott machte zumindest schon mal eine grimmige Miene. »Und warum nicht?«

»Weil wir uns ähnlich sind. Und einander brauchen.«

»Ha!«

»Na, dann überleg mal … Ähnlich sind wir uns, das hast du selbst zugegeben.«

»Jaja, meinetwegen. Rein äußerlich. Was heißt das schon? Aber dass ich dich brauchen sollte …? Das glaubst du ja wohl selbst nicht!«

»Mit Glauben ist bei mir ohnehin nicht viel zu holen. Und dass wir einander brauchen, ist ganz klar. Gegensätze treten nun mal paarweise auf – und bedingen sich gegenseitig. Weiß ohne Schwarz kann als solches nicht existieren. Ebenso wenig wie Hell ohne Dunkel. Und dem Werden muss konträr der Verfall gegenüberstehen, dem Konstrukt die Demontage. Das eine kann ohne das andere nicht bestehen. Es kann im Gegenteil überhaupt nur gemeinsam mit dem anderen *ent*stehen. Es gibt ja nicht erst das eine und dann das andere. Funktioniert nicht. Genau aus diesem Grund sind wir beide ja auch gleichzeitig entstanden.«

Gott ging dieser Kerl – jetzt schon – gehörig auf die Nerven.

»So, du Klugschwätzer. Du hältst dich wohl für unheimlich clever.«

»Ja. Und du auch. So ist das nämlich: gegenseitige Wertschätzung. Verachtung haben wir allenfalls für eine goldene Mitte. Die uns vorkommen muss wie ein fauler Kompromiss, schwach, unausgegoren, nicht das eine und nicht das andere. Aber niemals für das krasse

Gegenteil. Das hassen wir – zollen ihm aber doch eine gewisse Bewunderung. Ob wir es wollen oder nicht.«

»Du meinst, wir imponieren einander? Was soll dann das ganze Theater?«

»Theater ...«, sagte der Teufel. »Gutes Stichwort. Dass alles so ist und nicht anders, hat allein schon dramaturgische Gründe. Stell dir nur mal vor, alles wäre eindimensional, alles liefe glatt, alles zur völligen Zufriedenheit. Das wäre entsetzlich langweilig. Perfekt *auto mobilis*. Sicherlich. Schön, wenn mal was glatt läuft. Mal! Aber doch nicht immer und andauernd! Ohne Widerstände könnte Perfektion nie zustande kommen.«

»Und du bist dieser Widerstand ...«

»Aber mal ganz genau.«

»Du führst dich auf wie ein Lektor. Die halten sich auch immer für die seligmachende Kraft.«

»Was Autoren nie einsehen wollen. Genau wie du.«

»Das Ganze hat nur einen klitzekleinen Denkfehler. Denn so gesehen wärst du keine destruktive Macht, sondern letztlich eine perfektionierende.«

»Was völlig in Ordnung ist. Schließlich richten Lektoren – obwohl sie das nie zugeben oder überhaupt so betrachten würden – *de facto* auch eine Menge Unheil an. Wobei Autoren – in ihrem ‚Gegenlektorat‘ – dann zu retten haben, was noch zu retten ist. Um die Sache noch einigermaßen zu retten. Gäbe es keine Brände, gäbe es auch keine Feuerwehr. Finde dich damit ab. Und es sind vor allem die Brandstifter, die Feuerwehrmänner zu Helden machen.«

»Nachdem die Gebäude in Schutt und Asche liegen.«

»Ja. Zur Freude der Restauratoren und Architekten. Und der gesamten Baubranche.«

»Dann ist der Brandstifter sozusagen ein Wohltäter.«

»Wie man's nimmt. Durch oberflächliche Betrachtung allein sind die Dinge im Leben nie zu definieren. Es ist immer ein bisschen komplizierter. Das eine Extrem trägt auch immer das andere in sich. Die Guten sind nie immer nur gut und die Bösen nie immer nur böse.«

»Ja. Und durch Relativierung ist immer alles so zurechtzurücken, wie man's gerade braucht. Vermutlich hältst du das alles für große Philosophie. Während es in Wahrheit nichts anderes ist als Taschenansichten. Die vorne und hinten nicht stimmen. Was ist zum Beispiel, wenn bei einem Brand Menschen ums Leben kommen?«

Der Teufel sah so aus, wie man aussieht, wenn man gleich etwas Niederträchtiges äußert.

»Pardon, Monsieur«, sagte er. »Aber habe ich das Feuer erschaffen oder du?«

4

Auf einem Planeten in irgendeinem Sonnensystem – die Wahl war ganz willkürlich – hatte Gott Land und Meer, Luft und Wasser entstehen lassen. Einfach so.

So einfach war das – genaugenommen – natürlich nicht gewesen. Es hatte seine Zeit gedauert. Die Grundlagen zu schaffen. Doch wofür?

Er hatte gar nicht gewusst, wie ihm geschah – also geschah es.

Land und Meer, das waren auch wieder so Gegensätze, das eine schloss das andere aus, daran war nicht zu rütteln. Vom Wattenmeer vielleicht mal abgesehen. Aber selbst das war nie eindeutig das eine oder das andere. Diese Gegensätzlichkeit schien wirklich etwas wie ein Grundprinzip zu sein.

An Zeit herrschte wahrhaftig kein Mangel, und die Dinge nahmen ihren Lauf. Wie aus dem Nichts ließ Gott das Leben entstehen. Im Nu waren aus winzigen Einzellern die ersten Tiere und Pflanzen geworden, und allmählich – Zeit spielte wahrhaftig keine Rolle – wurde die Erde fruchtbar.

Seltsam sahen diese Pflanzen und Tiere noch aus, Entwicklungen waren da noch keineswegs abgeschlossen. Doch eines Tages (präziser wäre: eines willkürlichen Momentes im Ablauf aller Dinge) fand Gott die Zeit gekommen, den

Menschen zu erschaffen. Schließlich, war dafür nicht ein Moment so günstig wie der andere? Wobei es zunächst galt, den Dingen ein wenig nachzuhelfen, alles in die nötigen Bahnen zu lenken. Einen Ort auszuwählen. Und dort die erforderlichen Bedingungen zu schaffen.

Was anderes konnte dabei Prämisse sein, als dem Menschen ein unbeschwertes Dasein zu ermöglichen? Ihm die Welt zum Günstigsten auszurichten. Ich werde ihm alles aufs Beste bestellen, dachte Gott, es soll ihm an nichts fehlen. Ein wahres Paradies sollte das werden, ein Paradies auf Erden.

»Was hast du vor?«, fragte der Teufel. Der immer im ungünstigsten Moment auftauchte. Wenn man ihn am wenigsten brauchte.

»Du!«, sagte Gott in aller vernehmlichen Abfälligkeit. »Komm du mir jetzt bloß nicht in die Quere! Ich hab hier Wichtiges zu tun. Sehr Wichtiges!«

»Darüber könntest du mich wenigstens ein bisschen auf dem Laufenden halten.«

»Fragt sich nur wozu.«

»Es ist immer gut, sich mit jemandem auszutauschen, bevor man die Dinge angeht. Gerade wenn sie wichtig sind. Oder es zu sein scheinen. Der Ratschlag eines Freundes kann da von unschätzbarem Wert sein.«

»Eines Freundes … ! Du führst doch sicher wieder Übles im Schilde!«

»Selbstverständlich. Schließlich ist das meine Aufgabe.«

»Die ich dir jedenfalls nicht erteilt habe!«

»Nein, das liegt glücklicherweise in der Natur der Dinge.«

Gott beschloss im Stillen, gar nichts über seine Pläne zu sagen. Und das Ganze auf eine andere Gelegenheit zu verschieben. Doch es war völlig zwecklos.

»Heute willst du den Menschen erschaffen, stimmt's? … Na, komm … ich seh's dir an!«

»Und wenn?«

»Dann, gerade dann am ehesten bräuchtest du den wohlmeinenden Rat eines Außenstehenden.«

Gottes einsetzendes und anhaltendes Schweigen nützte da auch nichts mehr.

»Also, wie willst du es anstellen?«

»So füglich wie nur irgend möglich. Und du wirst mir dabei nicht in die Quere kommen!«

»Sonst was?«

»Sonst erschaffe ich lieber gar nichts. Ich verzichte.«

»Das wird nicht funktionieren, vor deiner Verantwortung kannst du dich nicht drücken. Und jetzt sag schon … was meinst du mit *füglich*?«

»Der Mensch soll eine Kreatur in Perfektion werden, ein wahres Meisterwerk der Schöpfung, sanftmütig und friedfertig, edel und gut.«

»Allmächtiger!«

»Ja, was?«

»Ich meine: Das kannst du doch nicht im Ernst meinen?«

»Und wieso nicht? Glaubst du, ich kann das nicht?«

»Doch. Das bringst du absolut fertig, davon bin ich überzeugt.«

»Na also. Dann lass mich nur machen!«

»Und lass du mich mal raten: Du willst eine schöne Welt einrichten, in der es dem Menschen an nichts fehlen wird. Wo er friedlich und einträchtig mit seinesgleichen leben kann, bis in alle Ewigkeit.«

»Und? Was dagegen?«

»Allerdings! Das kann man wohl sagen!«

»Und was ist falsch daran?«

»So ziemlich alles.«

»Dann lass mich mal raten: Du würdest die Erde in einen Ort der Finsternis verwandeln, wo ihre Bewohner in Kargheit und Bedürftigkeit darben müssen, für alle Zeit.«

»Nun, ich hatte da eher an einen sehr heißen Ort gedacht ... Aber darauf kommt es jetzt nicht an. Für alle Zeit – das ist schon mal der größte Quatsch! Du willst den Menschen doch nicht etwa das ewige Leben schenken ...?«

»Was denn sonst? Wie sollen sie denn sonst leben ... vorübergehend?«

Der Teufel gab ein Geräusch von sich, das von großer Leidgeprüftheit zeugte.

»Hör mir mal zu: Dass du naiv bist, hab ich ja schon gemerkt. Aber Naivität ist eines der ganz wenigen Dinge, die nicht grenzenlos sein sollten, allen Prinzipien der Grenzenlosigkeit zum Trotz. Ich weiß, du hast vor, den Menschen wie etwas zu schaffen, das man sich täglich – ich meine jederzeit – verzückt anschauen kann, wie niedlich und allerliebst es da geht und steht und atmet und sich regt. Auf einer Welt des puren Lichts, auf der sich alles seinen Bedürfnissen fügt. Wo er sich fortwährend und immerdar glücklich schätzen darf und jeder Tag dem anderen gleich ist an unverrückbarer Glückseligkeit. Aber das wird nicht funktionieren. Es darf nicht funktionieren!«

»Soso. Aha. Und warum nicht?«

»Weil es furchtbar langweilig wäre! Um nur einen Grund zu nennen.«

»Langeweile – in der Ewigkeit? Wo kurz und lang überhaupt keine Kriterien sind? Wie soll denn das gehen?«

»Eben! Wenn du Wesen erschaffen willst, die für alle Zeit in Sonnenschein und lauen Lüften glückselig sind, dann musst du irgendwas erschaffen, das nicht mehr leisten kann als sich winden und kriechen – du könntest es vielleicht Wurm nennen oder so. Nur ein Vorschlag. Aber Menschen sollen dir doch gleichen, sollen Mittel der Erkenntnis haben, Wahrnehmungen, Empfindungen. Sollen in der Lage sein zu denken.«

»Selbstverständlich sollen sie das. Schließlich sollen sie sich ja an allem erfreuen.«

»Wie sollen sie sich erfreuen, wenn sie nichts anderes erleben als immer den gleichen, unverrückbaren Zustand? Wenn sie gar nichts anderes kennen? Du kannst den Wert von etwas nur schätzen, wenn es auch ein Gegenteiliges gibt, das du zu fürchten hast. Die gegenteilige Erfahrung. Und weil das so ist, darf der Mensch schon mal überhaupt nicht perfekt sein. Im Gegenteil: Du musst ihn unvollkommen machen. Verstehst du?«

»Vollkommen.«

»Damit er nach Perfektion überhaupt erst streben – oder zumindest davon träumen kann. Das Prinzip der Gegensätze – erinnerst du dich? Wenn du Güte in die Welt bringst, dann braucht es auch Schlechtigkeit. Tag und Nacht. Licht und Schatten. Oben und unten. Freude und Leid. Wenn der Mensch wirklich glücklich werden soll, dann muss er sich behaupten, gegen Widrigkeiten, Widerstände.«

Gott seufzte. Es war mehr ein Ächzen. »Jetzt das wieder! Widerstände. Ich weiß, das ist dein Spezialgebiet! Gib doch einfach zu, worum es dir wirklich geht: Du willst die Kreatur leiden sehen, dich daran weiden. Du liebst das Chaos, das Durcheinander. Also alles schön kompliziert machen. Damit du auch ja auf deine Kosten kommst!«

»Ich weiß, du hältst mich für einen ausgemachten Schurken. Einen Erzgauner, der um der Schlechtigkeit willen schlecht ist. Dabei bin ich nichts als das ausgleichende Prinzip. Nur durch mich, durch mein Einwirken, wird alles Bestand haben können. Wenn du etwas Stagnierendes erschaffst, ist schon alles verdorben. Dann könntest du ebenso den Stillstand erschaffen, das käme aufs Gleiche. Erschaffe deine Kreaturen als Standbilder, die ewig lächeln. Das macht im Übrigen auch viel weniger Arbeit … Nein, wenn du etwas Sinnvolles erschaffen willst, dann mach es fehlerhaft, unvollkommen, fragwürdig und unbefriedigend. Mach es voller Gegensätze und Makel. Bette es ein in die Grundordnung der Polaritäten. Das Muster, das du selbst vorgegeben hast. Auf dem Planeten, wie er um diesen Stern kreist, wird es Tag und Nacht, warm und kalt. Es gibt Naturgewalten, unwirtliche Orte und vergleichsweise angenehme, aber das ist nie von Dauer, nie garantiert. Und der Mensch, damit er nach Vollkommenheit streben kann, muss sterblich sein, du musst die Dauer seiner Existenz bemessen. Damit er überhaupt nach irgendwas streben, sich entwickeln kann. Wie viele dieser Kreaturen wolltest du denn erschaffen? Ein paar tausend? Ein paar Millionen? In ewiger Seligkeit und Makellosigkeit? Dann würde auch einer genügen. Wenn sie einander ohnehin gleichen.

Ich sage dir: Lege die Welt so an, dass sie sich entwickeln, der Mensch daraus hervorgehen muss. Gib ihm Gefahren, die er zu bestehen, Dinge, die er zu erobern hat. Gib ihm Zeit ... und ein Gefühl dafür. Gib ihm nicht viel davon. Nur so viel, dass er sich anfangs für unsterblich hält. Und je sterblicher er sich dann vorkommen muss, desto mehr kann er nach Unsterblichkeit streben. Und von einem ewigen Leben träumen – nach dem Tod. Weil er natürlich sterblich nicht sein will. Aber nicht wirklich glücklich würde, wenn er's wäre. Auch wenn er das natürlich glaubt. Ohnehin wird er immer das wollen, was er nicht hat. Du wirst schon sehen.«

Diese Erörterungen waren ermüdend. Und führten anscheinend zu nichts. Welches (wie noch zu erörtern sein wird) ohne ein Etwas als Pendant gar nicht existenzfähig ist.

Gott jedenfalls war uneinsichtig. Das klang ja alles ganz schön – und reden konnte dieser Bursche, weiß Gott – aber letztlich nicht anders als bloß gut ausgedacht. Das hatte er sich schön in aller Ruhe zurechtgedreht. Und kam jetzt als großer Redenschwinger daher. Schließlich, wenn man wollte, gab es Argumente für alles.

Sagen wir es ruhig rundheraus: Gott war bockig. Er wollte partout nicht einsehen, dass an dem, was der Teufel sagte, etwas dran war. Dass es im Grunde einleuchtend war, sehr sogar.

Das aber konnte er nicht so einfach zugeben.

»Ich werd's dir beweisen!«, sagte er. »Ich werde diesen Menschen erschaffen, nur einen, einen einzigen – und ihn in einen Garten Eden setzen. Und dort wird er glücklich leben für immer und alle Zeit!«

Das, dachte der Teufel, werde ich zu verhindern wissen!

5

Und so kam es also zur Schöpfung des Garten Eden.

Gelegen war dieser Garten in einer der fruchtbarsten Gegenden der Erde – die Gott eben deswegen genau so benannte. Dort gab es nicht nur Fels, nicht nur Eis, nicht nur Wasser und die Öde der Ozeane. Es gab Erde, den fruchtbaren Boden, auf dem eine Vielzahl von Pflanzen in der Lage waren zu gedeihen. Und das aufs Trefflichste. Warm schien dort die Sonne, mitunter zu warm, doch spendeten Bäume, die ganze Vegetation kühlenden Schatten, wann immer er vonnöten war. So wurden die Tage letztlich niemals zu heiß. Und selbst nachts herrschten Temperaturen, die dem Menschen zuträglich sein mussten, die er allenfalls als angenehme Kühle würde empfinden können. Wasser existierte in erquicklicher Menge, ein nie versiegender Strom von Quellen, Bach- und Flussläufen, und sie waren es vor allem, welche die Fruchtbarkeit ermöglichten, eine Fruchtbarkeit üppigen Wuchses, eine Landschaft voller Buschwerk und Wald, mit Bergen und Tälern, Lichtungen und Wiesen, so schön verteilt, dass es eine Freude war, dieses Land zu durchstreifen. Und immer neue Plätze zu entdecken, die einen Aufenthalt, ein Verweilen lohnten. Immer neue Ausblicke, Ansichten, sinnliche Darbietungen äußerster Gefälligkeit. An denen sich nicht sattzusehen war.

Die Kühle des Wassers, der Bäche, Flüsse und Seen, ihre Reinheit und Klarheit war von wohltuender Kraft, von einer salbenden Wirkung, die nicht anders betrachtet werden konnte als beseligend. Dort spross und gedieh alles im Überfluss, ein aufwuchernder Pflanzendschungel von solcher Urwüchsigkeit und Pracht, dass er fraglos den Status eines wahren Wunders behaupten konnte, auf ewig würde das imposant und in seinem Reichtum verblüffend bleiben müssen.

Sonne und Mond gingen hier auf und unter, in nie schwindender Pracht, boten ein Schauspiel rätselhafter, ja geheimnisschwangerer Natur, dazu angetan, Gefühlsregungen der Ehrfurcht und der Demut einzuflößen vor den Wundern der Himmelszeichen. Morgen- und Abendröten und zuweilen (in gebotener Seltenheit) unheimliche Finsternisse gab es zu bestaunen, den Lauf der Gestirne mit allen möglichen Spielarten, den nächtlichen Glanz der Sterne. Wolken besegelten den von einer Tiefbläue gezierten Tageshimmel, die sich bloß verdichteten, um Regen zu spenden, reinigend, erfrischend, befruchtend, und immer nur in einem Maß, das förderlich und notwendig war. Der Regen war nicht mehr als ein beständiges Tröpfeln, das einsetzte und wieder versiegte, wenn es genug war. Ansonsten waren die Wolken eher ornamentaler Natur und in ihrer Beschaffenheit nicht von ungefähr so angelegt, dass ein Betrachter in ihrer veränderlichen Form allerlei entdecken und sehen konnte, letztlich und eigentlich ein Mittel zur Anregung der Fantasie.

Die Winde, sofern sie sich überhaupt bemerkbar machten (und wenn, dann nur um einer gewissen Abwechslung willen), waren lau, zuweilen auch kräftiger, aber lediglich in einem Maß, welches ein Zerstörerisches an Kraft völlig vermissen ließ. Den Wind hielt Gott durchaus unbescheiden für eine seiner größten Leistungen, einem Betrachter konnte nicht verborgen bleiben, dass er daran, vor allem daran Gefallen fand.

Ja, es darf gesagt werden, dass Gott in einen wahren kreativen Rausch verfiel, als er sich immer neue, immer ausgefeiltere Pflanzen ausdachte. Und Tiere. Blumen kamen da ins Licht der Welt, in herrlichen Farben, großzügig in einem ganzen Spektrum angelegt. Pflanzen, dem Auge gefällig, und andere, die nahrhaften Charakters waren. Denn eine Ernährung aufgrund eines stetig wiederkehrenden Bedürfnisses bot sich als beweggründig an. Bedürfnisse ganz unterschiedlicher Ausprägung waren dazu angetan, einen Tagesablauf sinnvoll zu füllen, den noch zu erschaffenden Menschen vor Aufgaben zu stellen. Gott hatte (ob er nun wollte oder nicht) die Ratschläge seines ungeliebten (gleichwohl respektierten) Kontrahenten sehr wohl im Ohr.

Nein, Langeweile sollte es nicht geben, der Mensch sollte Bedürftigkeiten zu befriedigen haben. Hunger und Durst würden da ihren Zweck erfüllen, jeden neuen Tag eine Suche notwendig machen, die vernünftigermaßen einen Tagesablauf zum Ergebnis hätte. Das Bedürfnis nach Trunk, nach Nahrung, nach Schlaf. Nach Eindrücken, den Sinnen gefällig. Anblicke, Gerüche, zu Ertastendes. Zu Entdeckendes.

Lebewesen kamen Gott in den Sinn, die es zu erschaffen gäbe. Die sich, wie der Mensch, auf der Erde regten. In der Erde. Im Wasser. Auf dem Wasser. In der Luft. Im Sinne des Wortes ganz fantastische Tiere kamen da in die Welt, von allerlei Ausprägung, die sich laufend, kriechend, springend fortbewegten, auf zum Teil bizarren Gliedmaßen und von einer solch reichen Farbigkeit, dass es zuweilen das Auge blendete. Und sie alle waren dem Menschen zur Beobachtung gemacht. Lebten in Eintracht und in verträglichem Miteinander, in einer Welt des ewigen Friedens. In der es nichts gab als das Zusammenspiel und die Harmonie. Wo sich alles im Gleichgewicht befand.

Immer wenn Gott das betrachtete, spürte er in sich das Aufwallen einer tiefen, einer alles erfüllenden Zufriedenheit.

Freilich, der Teufel sah das anders.

6

»Da kann einem ja schlecht werden!«

Gott seufzte. »Du meinst, übel.«

»Das Übel an der Sache ist, dass es nicht gewachsen ist, nicht geworden«, krittelte der Teufel, wie immer unbeeindruckt, »das ist erschaffen, erdacht, drapiert ... Es ist so entsetzlich künstlich!«

»Das haben Schöpfungen so an sich!« Behauptete Gott. »Oder hast du schon mal einen Maler gesehen, der sein Bild sich aus einem Pinselstrich selbst entwickeln lässt?«

»Ich habe überhaupt noch keinen Maler gesehen«, mäkelte der Teufel. »Weil es die ja auch noch gar nicht gibt.«

»Und warum sollte Adam nicht ein solcher werden?«

»Adam? Ist das der Mensch, den du zu erschaffen gedenkst? So willst du ihn nennen?«

»Nun, warum nicht? Einen Namen muss er schließlich haben – und einer ist letztlich so gut wie der andere. Oder hast du vielleicht eine bessere Idee?«

»Sicher, ohne Weiteres. Aber ich lasse dich einfach mal machen. Möchte zu gerne sehen, was bei deinem Adam herauskommt. Dass du ihn zu einem Maler machen willst, finde ich schon mal hochinteressant.«

»Ach ja? Inwiefern?«

»Weil du offenbar schon eine Vorstellung davon hast, was das ist, ein Maler. Noch bevor du dergleichen erschaffen hast. Ist das nicht sehr aufschlussreich?«

Gott schnaubte. »Ich habe eine Menge Vorstellungen.«

»Ja … Maler … Autoren … Lektoren. Und wer weiß, was noch alles. Fragt sich nur, wie du das in Einklang bringen willst … diese Vorstellungen … und nur ein einziges Exemplar. Dieser Adam soll anscheinend alles sein …« Der Teufel kicherte. »Vielmehr: alles und nichts. Weil ja, wie du dich erinnerst …«

»Jaja, ich weiß schon! Und jetzt verzieh dich! Das hier ist wichtig … da darf ich nichts vermasseln.«

Der Teufel verzog sich, ansatzweise beleidigt. Beobachtete aber fortan alles aus sicherer Deckung. Damit ihm auch ja nichts entging. Schon gar nicht der große Schöpfungsakt.

Gott und er selbst, das wusste er ja, waren von seltsamer Unbestimmtheit, in Form und Gestalt, in aller Beschaffenheit, ja, sogar geschlechtlich. Waren sichtbar und doch irgendwie unkenntlich. Von einer weitgehenden Transparenz und doch konsistent. Von unbestimmtem Ausmaß. Es schien keine Relation zu geben. Einerseits kamen sie einander winzig vor, andererseits schienen sie das gesamte All auszufüllen. Waren veränderlich. Und dennoch von einer gewissen Ausprägung.

Aber das, was sie vorstellten, war seltsam blass, unkonkret. Sie erkannten einander und hatten auch eine gewisse Struktur. Trotzdem wäre es ihnen schwergefallen, einander zu beschreiben. Sie waren Körperlichkeit und rein geistig, waren allgegenwärtig und doch zu verorten.

Ach, dieses Prinzip der Gegensätzlichkeit! Der Paradoxität! Da sollte sich einer auskennen.

Die Menschen, das stand fest, mussten konkreter sein, fassbarer, endlicher. Eben sterblich. Auch wenn Gott das – bislang – noch nicht einsehen wollte.

Aber wie wollte er das anstellen? Der Teufel war gespannt. Was das Gegenteil von gelangweilt war, zweifellos.

Das Ergebnis war verblüffend. Gott nahm ganz einfach Materie – und formte daraus. Eigentlich formte er bloß eine willkürliche Auswahl von irdischen Gegebenheiten – und knetete sie zurecht.

Frappierend … und sehr effektiv. Genial, wie alles, was auf Simplizität beruhte. Wirklich Geniales war nie kompliziert, so viel verstand er. Eine bedeutende Lektion, wie er fand.

Nein, schöpfen konnte der Bursche, das musste man ihm lassen. Im Handumdrehen hatte er seinen Menschen fertig. Hatte ihm – mal eben so – Leben eingehaucht. Um ein Haar hätte der Teufel es verpasst, so schnell ging das alles.

Und da war also Adam. Ein gut aussehender braunhäutiger Bursche. Eine gewisse Ähnlichkeit war – bei aller paradoxen Unkonkretheit – durchaus zu erkennen. Gott hatte ihn – jedenfalls so ungefähr – nach seinem Ebenbild erschaffen. Womit er letztlich ihnen beiden glich. Es kam in etwa hin, da wollte man mal nicht so sein.

Adam erwachte zum Leben. Und blickte staunend in diese – seine – Welt.

Wo bin ich?, fragte er sich. Und wo war ich vorher?

Schrecklich, er hatte keinerlei Erinnerung. Offenbar hatte er sein Gedächtnis verloren.

Aber wie auch immer – er war da und die sich aufdrängenden Fragen verblassten angesichts all des Unbekannten, ersetzt durch reine Neugier. Verwundert ging der erste Mensch durch seine Welt und machte Bekanntschaft mit all den Naturschönheiten. Sonnte sich, suchte den Schatten. Ließ sich nass regnen und wieder trocknen. Schlief und erwachte.

Bald hatte er sich eingelebt – und die anfänglichen Fragen gerieten in Vergessenheit. Er durchwanderte den Garten Eden und bestaunte allenthalben die Dinge. Machte Entdeckungen. Aß von den Früchten und lernte zu unterscheiden, was am nahrhaftesten, am sättigendsten, am bekömmlichsten war. Was ihm am besten schmeckte. Wobei eine seltsame Unzufriedenheit zurückblieb. Als müsse es noch etwas anderes Essbares geben. Es gab aber nichts. Bloß Tiere. Tiere aller möglichen Art. Von zuweilen äußerst seltsamer Ausprägung, einige belustigten Adam nicht wenig. Sie alle ernährten sich ebenfalls von den Früchten. Was kein Problem war, denn es war genug für alle da.

Das Umherschweifen und die Entdeckungen beschäftigten Adam eine Weile und halfen ihm über den Verlauf der Tage hinweg. Es gab viel zu sehen, viel zu untersuchen.

Dann aber, mit der Zeit, wurde dieses Dasein doch eintönig, um nicht zu sagen langweilig. Alle Früchte, alle Pflanzen und Tiere waren entdeckt, Bäume und Felsen erklommen. Vieles hatte er einer genauen Betrachtung unterzogen und unter anderem Versuche damit angestellt, wie man Melonen zum Platzen brachte. Und mit Früchten oder mit Steinen auf Ziele zu werfen, war auch nur bedingt aufregend. Allein schon, weil schnell der Zeitpunkt kam, da man treffsicherer nicht mehr werden konnte.

Schnell empfand Adam den Überdruss eines Alles-schon-mal-Dagewesen. Als gäbe es nichts mehr zu entdecken, nichts mehr zu tun.

Das Schlimmste war das Schweigen. Weil es einfach nichts zu sagen gab. Zu wem auch? Mit wem hätte er denn sprechen können? Nicht einmal mit sich selbst sprach er, denn dieser Idee, diesem Impuls muss zuerst eine Konversation vorausgehen, die es zu ersetzen gilt. Die es aber nicht gab. Weil einfach niemand da war.

Nicht dass Adam jemanden vermisst hätte. Er kannte es ja nicht anders. Man kann nur jemanden vermissen, der dagewesen ist. Da aber niemand da war außer ihm, war das Vermissen eine völlig irrelevante Kategorie.

Eigentlich war sein Dasein der Gipfel der Einsamkeit. Eltern hatte er ja keine gehabt. Auch keine Geschwister. Er hatte weder Großeltern noch Onkel noch Tanten. Nicht einmal einen Hund. War völlig ungebunden, in jeder Hinsicht. Bar aller familiären Bande. Sicher, auch die konnte er in Unkenntnis nicht vermissen. Doch war Adam der Urvater all derjenigen, die manchmal diese seltsame Empfindung haben: dass ihnen etwas fehlt. Ohne zu wissen, was es ist. Was für ein grausames Schicksal: nicht mal auch nur ungefähr zu ahnen, was es ist, nach dem man sich sehnen sollte.

Ja, genau betrachtet glich dieser Garten Eden eher einem Gefängnis. Und sein Dasein eher einer Strafe, einem Exil. Das schlimmste vorstellbare Exil, weil es nicht einmal ein Vorher gab, einen Zustand, aus dem er vertrieben worden wäre. Ein Exil ohne Grund und Hintergrund, sozusagen. Insofern war der Garten Eden Sinnbild des Lebens an sich: Man wurde ungefragt hineingeworfen. Und konnte dann sehen, wie man zurechtkam.

Adam saß einsam an seinen Lieblingsplätzen. Blickte über Wasserflächen. Blickte auf zum

Mond. Und zu den Sternen. Und seufzte. Ihm war sterbenslangweilig.

Es war zum Gotterbarmen ...

Und das war ein Glück. Denn Gott sah sehr wohl, dass die Kreatur, die er erschaffen hatte, litt. Ohne eigentlich zu wissen, woran. Eigentlich hatte er ja ein friedliches und sorgenfreies Leben. Brauchte auch auf niemanden Rücksicht zu nehmen. Der womöglich anderer Ansicht war, der ihm reinredete – und überhaupt nur Ärger machte.

Warum also, um Himmels willen, war er unzufrieden?

7

»Armer Teufel!«

Eine sehr plötzliche Äußerung. Aber Gott brauchte sich nicht zu wundern, wer da so unvermittelt sprach. Es gab ja niemand anderen als denjenigen, der immer ungefragt auftauchte.

»Bedauerst du dich jetzt schon selbst?«

»Nein. Ich meine ihn!«

Sie blickten gemeinsam auf den Garten Eden nieder. Wo Adam am Fluss saß und Steine ins Wasser schmiss.

»Wieso? Er ist doch sehr gelungen – oder etwa nicht?«

»Mag schon sein. Wenn ich mich auch frage, warum er so nackt ist.«

»Wie sollte ich ihn denn sonst machen – vielleicht *behaart*?«

»Ein bisschen Haar hat er aber.«

»Nun ja … dekorationshalber.«

»Verstehe. Und ich bedaure ihn ja nicht deshalb. Sondern weil er der Einzigste ist. Du hältst ihn wie einen Frosch in einem Terrarium! Glaubst du nicht, er könnte ein wenig Gesellschaft vertragen?«

Gott seufzte. »Wenn es irgendjemanden gäbe, der uns betrachtet, könnte er auf die Idee kommen, dass du alle nötigen Einfälle hast und ich bloß immer dastehe wie doof. Stell dir vor, auf die Idee bin ich auch schon gekommen!«

»Aha. Und was willst du also tun?«

»Ich habe beschlossen, weitere Menschen zu erschaffen.«

»Weitere, so? Und wie viele?«

»Erst mal einen. Und dann können wir weitersehen.«

»Und wie willst du ihn erschaffen?«

»Was für eine dämliche Frage! Genau wie vorher. Schließlich, wenn's einmal geklappt hat, dürfte das ja kein Problem sein. Oder glaubst du, ich hab's wieder vergessen?«

»Möglich wär's. Ist ja schließlich schon Ewigkeiten her.«

»Du immer mit deinen maßlosen Übertreibungen! Wenn, dann höchstens eine Ewigkeit.«

»Regst du dich da nicht über Kleinigkeiten auf?«

»Ich kann das nun mal nicht vertragen. Von Ewigkeit gibt's keine Mehrzahl. Und es heißt auch nicht *der Einzigste*!«

Dafür hatte der Teufel nur Verachtung übrig.

»Sei dir da mal nicht so sicher«, sagte er. »Eine einzige Ewigkeit könnte verdammt knapp werden. Und dir im Nu wie die allereinzigste vorkommen … Aber ich will dich nicht von deinem Vorhaben abbringen. Du willst also den Menschen noch einmal erschaffen?«

»Ja, einen zweiten Adam. Einen Kameraden. Das ist es, was er braucht. Vielleicht kann ich ihn ja so zum Sprechen bringen.«

»Indem du einen zweiten Mann erschaffst? Da mach dir aber mal keine zu großen Hoffnungen – was das Sprechen betrifft. Dazu noch einen, der ihm gleicht wie ein Ei dem anderen? Halte ich für keine gute Idee.«

»Sondern?«

»Wie wäre es, wenn du diesmal deinen weiblichen Anteilen gerecht wirst? Ich meine, eigentlich könnten wir doch genauso gut Göttin und Teufelin heißen. Das Prinzip der Gegensätze … schon vergessen? Die wir in diesem Fall vereinen. Und wenn du einen Mann erschaffen hast, dann müsste es doch dazu ein Pendant geben, oder etwa nicht?«

»Du meinst eine Frau?«

»Jetzt redest du vernünftig! Und so, wie du ihn geformt hast, könntest du sie ihm anpassen. Damit sie zusammenpassen. Ich meine … schon rein körperlich. Ein vollständiges anatomisches Gegenstück, in allen Details.«

Gott wiegte den Kopf.

»Darauf wäre ich nun wirklich auch allein gekommen!« Behauptete er.

Der Teufel war davon durchaus überzeugt. Er hielt sich selbst keineswegs für geschickter, nein, ganz im Gegenteil. Vielleicht nur etwas fixer im Kopf.

»Und bitte …« Sagte er, hörbar inständig. »Mach sie ein wenig ansehnlicher als den da! … Versteh mich nicht falsch, für einen ersten

Versuch war das schon ganz gut. Aber ich wette,
du kannst es besser!«

8

So schuf Gott für Adam eine Frau, seine Gefährtin. Und nannte sie Eva.

Eines Tages, als Adam erwachte, stand sie da. Sprach ihn an.

Und er antwortete.

»Hallo. Du bist Adam, nicht?«

»Ja…, jawohl.«

»Ich heiße Eva.«

»Oh.«

Wie Eva im Weiteren feststellen durfte, war er wirklich nicht sehr gesprächig. Anfangs hatte das damit zu tun, dass er sich gehörig wunderte. Darüber, dass er dessen überhaupt fähig war. Er hatte ja keine Ahnung gehabt!

Sprechen eröffnete wahrhaftig ungeahnte Perspektiven.

»Wo kommst du überhaupt her?« Fragte Adam.

»Ich weiß nicht«, antwortete Eva. »Und du?«

Adam zuckte bloß mit den Schultern. Er schien wortkarg. Hatte wohl eher eine hanseatische Mentalität. Man hielt für möglich, dass er allabendlich überschlug, wie viele Worte er sich heute wieder gespart hatte.

Es war wirklich eine denkwürdige Ausgangsposition. Beide wussten nicht, woher sie eigentlich kamen – und was sie überhaupt hier sollten. Keine ideale Basis für ein Gespräch. Immerhin wurde schnell klar, dass er schon um einiges länger auf der Welt war. Was ihn dankbar in die Rolle desjenigen schlüpfen ließ, der sich bereits auskannte. Es gab ihm Gelegenheit, die Neue herumzuführen und ihr alles zu zeigen. Unwillkürlich tat er dies wie ein König, der sein Reich zur Schau stellt. Als gehöre das alles ihm.

Schließlich, wem sollte es sonst gehören?

Eva ließ sich also herumführen und staunte in der Tat nicht schlecht. Auf Anhieb kam ihr das alles ganz entzückend vor, sehr interessant. Besonders an den Tieren hatte sie große Freude – die Adam bislang nicht übermäßig beachtet hatte. Weil mit ihnen nichts anzufangen war. Nur zur Zierde, das war für ihn kein Aspekt. Während Eva viele Dinge »so hübsch« fand. Pflanzen, Tiere, Wolken. Lichtreflexe. Glitzerndes Wasser. Einfach alles.

Als dieses Herumführen soweit erledigt und die Dinge im Wesentlichen erörtert waren, machte sich allerdings zunehmend Stille breit, die Konversation, kaum entdeckt, kam arg ins Stocken. Und versiegte schließlich fast ganz. Denn zu besprechen gab es ja nicht viel. Da sie keine Vergangenheiten hatten, keine Erfahrungen, gab es nicht viel zu erzählen. Weder hatten sie Elternhäuser noch Familien. Und nicht mal frühere Beziehungen. Keine überstandenen Krankheiten. Einfach gar nichts.

Als Eva sich selbst zurechtfand und wusste, welche Früchte am besten schmeckten, welche

Plätze am schattigsten waren, war Adams Status als großer Führer und Platzanweiser dahin. Und der Sensationseffekt, den Eva durch ihr plötzliches, völlig unerwartetes Auftauchen gezeitigt hatte, hielt auch nicht ewig vor. Ziemlich bald war es überhaupt nicht mehr sensationell, dass sie da war.

Eine Weile dackelten sie noch hintereinander her. Eva hinter Adam, weil sie dachte, er könne ihr noch was zeigen oder erklären. Adam hinter Eva, weil er dachte, sie wolle vielleicht noch irgendwas wissen. Oder als »so hübsch« bezeichnen.

Irgendwann gab es aber nichts mehr. Nicht zu entdecken, nicht zu sehen, nicht für hübsch zu befinden. Ihre Wege trennten sich. Nicht für immer. Es zog sie ja durchaus weiterhin zueinander, und sei es auch bloß, um mal Gesellschaft zu haben, das Gefühl, nicht allein auf der Welt zu sein. Aber zwangsläufig waren sie nicht selten nur für sich. Eva saß viel am Fluss, auf Hügeln oder auf Bäumen, um ihren Blick schweifen zu lassen. Adam schlief viel, auch am Tag. Oder döste bloß vor sich hin, es kam auf dasselbe raus.

Dass sie bei all dem ständig beobachtet wurden, konnten sie natürlich nicht wissen. Nicht einmal ahnen. Dass immer mindestens ein Blick auf sie gerichtet war, und manchmal auch deren zwei.

Der Teufel schloss mit einem unmütigen Seufzer die Augen.

»Sieh dir das an«, sagte er. »Das kann man ja nicht mit ansehen!«

Gott warf ihm einen düsteren Blick zu.

»Was ist jetzt wieder verkehrt?«

»Was daran verkehrt ist? Machst du Scherze? Da kannst du auch zwei zusammensetzen, die beide den Verstand verloren haben. Worüber, um Himmels willen, sollen sie denn bloß reden? Und was sollen sie miteinander anfangen? Sie wissen ja von nichts. Also wirklich, das ist doch grausam!«

»Selig sind die im Geiste Armen.«

»Wo hast du denn das her?«

»Wirklich, Wissen ist nicht gleich Seligkeit ... eher im Gegenteil. Jedes neue Wissen wirft auch neue Fragen auf. Je weniger man weiß, desto besser.«

»Na, da weißt du aber mehr als ich. Ich jedenfalls finde es grausam, wenn sie nicht mal wissen, was ihnen fehlt.«

»Ginge es ihnen denn besser, wenn sie's wüssten?«

»Wenn du sie in alle Ewigkeit so unwissend belässt, werden sie dir eingehen wie Teichfische. Vermutlich aus purer Langeweile. Oder weil sie verrückt werden.«

»Nun, mit der Zeit wird jeder schon eine Beschäftigung finden ...«

»Jeder für sich? ... Nein, nein ... Es müsste etwas geben, was sie miteinander tun können.«

Alles, dachte der Teufel, nur nicht sie derart ihrem traurigen Schicksal überlassen.

So brachte er also den Unfrieden in die Welt. Neugier. Zweifel. Skepsis. Erkenntnis und Reflexion. Unmut und Aufbegehren. Unrast und Rebellion.

Und so kam alles, wie es kommen musste.

9

Alles kam, wie es kommen musste.

War also alles schon vorherbestimmt?

Wozu das alles, wenn es doch nur einem vorgegebenen Muster folgte und bloß ablief?

Wenn alles ablief wie vorgesehen, ergab am Ende alles einen Sinn.

Ein Dasein ohne Sinn wäre schließlich sinnlos. Und das hätte einfach keinen Sinn.

Andererseits, wenn alles noch veränderbar war … Hieß das nicht, das alles willkürlich blieb, beliebig?

War der Ablauf vorherbestimmt, dann musste alles zu etwas führen.

War er unbestimmt, würde er bloß zu *irgendetwas* führen. Und war *irgendwohin* nicht gleichbedeutend mit *nirgendwohin*?

Wohin sollte das führen? Dachte der Teufel. Seufzte. Und ließ das Grübeln sein.

Es führte – mal wieder – zu nichts.

10

Eines Tages näherte sich den Menschen im Garten Eden ein seltsames Tier. Das keinerlei Gliedmaßen besaß und sich nur kriechend fortbewegte. Genaugenommen näherte es sich nur einem von beiden, Eva nämlich. Die auf einem Baum saß und offenbar nachdachte. Während Adam, ganz in der Nähe, unter dem Baum schlief, wie so oft.

Eva hatte dergleichen nie zuvor gesehen, doch ließ sie beim Annähern der Schlange kein Erschrecken erkennen, weil ja von den Tieren im Garten keinerlei Gefahr ausging. Betrachtete sie bloß, die so hübsch gemustert und deren Haut so geschmeidig ... und irgendwie auch so *geeignet* aussah. Als könne man daraus – rein theoretisch – irgendetwas fertigen.

Sie erschrak allerdings auf das Heftigste, als die Schlange plötzlich anfing zu sprechen.

»Ich grüße dich!«, sagte sie. Was eine seltsame Art der Gesprächseröffnung war, weil sie doch bloß aussprach, was sie im Begriff war zu tun. Tatsächlich stellte sich Eva – so ganz am Rande, nur als Hauch eines Gedankens – die Frage, ob sie so möglicherweise alle ihre Tätigkeiten kommentieren mochte. Würde sie also auch sagen »Ich geselle mich zu dir« oder »Ich schaue dich an«? Genau das tat sie nämlich, sie musterte Eva mit großer Aufmerksamkeit.

»Oh!«, sagte Eva bloß. »Du kannst ja sprechen!«

»Darauf kannst du wetten!«, sagte die Schlange.

Eva starrte das Tier irritiert an.

»Ich frage mich bloß ... wieso?«, sagte sie.

Die Schlange konnte schlecht mit den Schultern zucken, denn sie hatte ja keine, machte aber eine Bewegung, die dem auf rätselhafte Weise gleichkam und als Entsprechung gelten durfte.

»Wieso denn nicht?«, fragte sie.

Eva zog eine Schnute. »Na, weil Tiere doch sonst nicht sprechen. Ich habe jedenfalls noch keins reden hören ... oder antworten. Denn angesprochen habe ich schon viele.«

»Ja«, sagte die Schlange, sinnierend. »Dann können sie es wohl einfach nicht.«

»Und wieso kannst du es dann?«

Die Schlange züngelte, was sehr hübsch aussah. Dass das zur Überbrückung einiger Sekunden diente, um auf eine passende Antwort zu kommen, fiel dabei gar nicht auf.

»Ganz einfach«, behauptete sie dann. »Ich habe euch ganz genau zugehört. Nach einer Weile war es dann ganz leicht.«

»Aha«, sagte Eva. »Ja, das war klug. Wirklich klug. Uns zu belauschen.«

Die Schlange ging darauf nicht weiter ein. Schließlich, was hätte es da schon zu belauschen gegeben?

»Bist du hier eigentlich glücklich?«, fragte die Schlange.

»Natürlich«, antwortete Eva ohne Zögern.

Doch als die Schlange sich damit nicht so einfach zufriedengab und ansetzte nachzuhaken, kam sie offenbar doch ins Schwanken.

»Wirklich?«, fragte nämlich die Schlange, in einem so eindringlichen Ton, dass es an das Wesen der Dinge zu rühren schien.

Eva blickte sie eine Weile an und zuckte dann leicht mit den Schultern. Denn sie hatte ja welche.

»Na ja«, sagte sie. »Schon ... irgendwie. Ich meine: Wie könnte ich nicht glücklich sein? Es geht mir ja gut. Sehr gut.«

»Und nur, weil es dir gut geht, bist du glücklich? Rundum zufrieden?«

»Wie gesagt, ich habe ja alles. Schau dich doch um: Die Sonne scheint, ich hocke hier auf einem Baum, im kühlen Schatten, in aller Ruhe. Kann bloß einfach dasitzen und mir meine Gedanken machen. Wenn ich Durst habe, trinke ich, vom Wasser des Flusses. Wenn ich Hunger habe, esse ich von den Früchten. Wenn ich müde bin, schlafe ich. Ich gehe so rum und schaue mir die Welt an und spreche mit Adam. Wenn er mal nicht schläft.«

»Und findest du das lustig?«

»Lustig?«

»Ja. Macht dir all das Spaß?«

»Na ja … ich glaube schon. Warum sollte es keinen Spaß machen?«

»Du meinst, du bist mit allem versorgt, hast keine Sorgen und Nöte, nichts tut dir weh …«

Sorgen, Nöte, weh tun … Eva konnte da nicht mehr ganz folgen.

»Tut mir weh? Wie meinst du das?«

»Na, Schmerzen.«

»Schmerzen? Was ist denn das?«

»Etwas, was du – offenbar – nicht kennst. Bist du denn noch nie vom Baum gefallen?«

»Sollte ich?«

Die Schlange betrachtete den Grund zu Füßen des Stammes, ein weicher Teppich aus Moos und Gras.

»Wäre wohl zwecklos«, murmelte sie. »Halten wir also bloß fest, dass Schmerz etwas ist, was du nicht kennst.«

»Aha. Und wie ist das … wenn man es kennt?«

»Unangenehm. Sehr unangenehm. Gerne hat das niemand, das kannst du mir glauben.«

»Du meinst, es ist nicht schön.«

Die Schlange züngelte bloß.

»Ja, und warum sollte ich es dann haben wollen? Wo ich doch hier überall nur schöne Dinge habe.«

»Sicher«, sagte die Schlange. »Dir geht es hier gut. Alles zum Besten. Keinerlei Grund zur Beschwerde. Aber ist das nicht manchmal furchtbar eintönig?«

Eva zögerte mit einer Antwort. Atmete erstmal schwer, woraus ein beachtlicher Seufzer wurde.

»Naja, manchmal schon«, sagte sie dann. »Ich meine: Manchmal hat man das Gefühl, man müsste irgendwas tun … man weiß aber nicht was. Dass irgendwas passieren müsste. Ohne eine Ahnung, was das sein könnte.«

»Ganz klar«, behauptete die Schlange. »Das ist die innere Unzufriedenheit. Ich meine: Schau *du* dich doch mal um! Das alles ist sehr schön, ganz prächtig, wirklich passabel. Aber genau das ist doch das Problem: Hier passiert rein gar nichts. Jedenfalls nichts von Belang.«

»Weißt du denn, was passieren könnte?«

»Oh, so allerhand! Lauter aufregende Sachen.«

»Ach ja. Und was sollte das sein?«

»Aufregende Dinge? Alle möglichen. Kannst du dir das denn nicht denken?«

»Aufregende? Was meinst du überhaupt damit?«

»Na … ein Unwetter könnte aufziehen. Mit Blitz und Donner. Der Fluss könnte sich stauen und überlaufen. Ein Vulkan könnte ausbrechen. Oder es könnte ein Erdbeben geben.«

Eva machte ein Gesicht, als hätte sie an einem Schnapsglas genippt. Was ihr hier aber keinesfalls passieren konnte. »Klingt mir aber ein bisschen zu aufregend«, sagte sie. Die gar nicht alles verstanden hatte. Aber diesen Dingen anhörte, dass sie nichts Gutes bedeuteten.

»Na ja«, räumte die Schlange ein, durchaus widerwillig, »vielleicht ist das nicht jedermanns Sache. Und es müssen ja auch nicht gleich die großen Katastrophen sein. Doch auch so gibt es viele schöne Dinge, interessante, faszinierende Dinge, die es zu entdecken gäbe.«

»So? Und was?«

»Verbotene Dinge.«

»Verboten?«

Was für ein Wort ... Klang seltsam in Evas Ohren. Hatte auf geheimnisvolle Weise aber etwas sehr Verlockendes.

»Was bedeutet das?«

»Verbotenes ist etwas, was man nicht tun darf. Oder nicht tun sollte.«

»Warum?«

»Nun, weil es sehr interessant ist und viel Freude bereitet – sich aber nicht schickt.«

Eva wunderte sich. »Wenn es aber doch Freude bereitet ...«, sagte sie. »Wer könnte dann etwas dagegen haben?«

»Du musst wissen, dass man die Freude an diesen Dingen mitunter erst entdecken muss. Anfangs ... kommen sie einem nicht immer schön vor. Es sind auch Gefahren damit verbunden, Risiken. Aber gerade das ist letztendlich das Interessante dabei.«

»Dinge, die nicht schön sind ... warum sollte ich die ausprobieren? Entweder sind sie schön oder nicht.«

Die Schlange betrachtete das Mädchen – das Eva im Grunde noch war. Eigentlich war sie in all ihrer Naivität und Unerfahrenheit doch nicht mehr als ein Kind.

»Natürlich kannst du das nicht wissen. Wo du doch nur schöne Dinge kennst. Schließlich ist ja hier alles so entsetzlich schön!«

Das letzte Wort sagte sie – sagte er – mit hörbarer Verachtung. Während Eva darüber sichtlich nachgrübelte.

»Also, wenn ich's mir recht überlege: Ich kenne doch ein paar Dinge, die nicht ganz so schön sind!«

»Ach ja? Und was soll das sein?«

»Wenn zum Beispiel abends die Sonne untergeht ... und es dunkel wird. Das bedaure ich. Weil ich es lieber hätte, wenn es hell bliebe. Bei Dunkelheit wird mir unbehaglich. Sie macht mir Angst.«

Die Schlange züngelte, jetzt ziemlich hektisch. Es glitzerte in ihren Augen. Unerwartet witterte sie so etwas wie eine Spur von Hoffnung.

»So«, sagte sie, »die Dunkelheit ist dir also unangenehm. Ist nicht schön ...«

»Ja«, sagte Eva. »Und ich verstehe nicht, wie ich sie dann jemals schön finden könnte. Sicher, wenn der Mond scheint ... das ist hübsch. Aber unheimlich ist es mir trotzdem. Adam sagt, die Dunkelheit sei bloß ein Zeichen dafür, sich schlafen zu legen. Dass man dann im Freien nichts mehr verloren habe. Und dass ich viel zu neugierig sei.«

»Die Nacht«, behauptete die Schlange, »kann sehr, sehr schön sein. Sie ist die Zeit für Geheimnisse, sie verhüllt und verschleiert. Und Neugier ist ein gutes Zeichen! Wozu ist die Welt da, wenn man sie nicht erkunden möchte ... alles wissen will? Eben auch die Dinge, die sich einem nicht unmittelbar enthüllen.«

»Du meinst, ich müsste mehr über die Dunkelheit herausfinden? Obwohl sie mir doch so unangenehm ist?«

»Oh, ich glaube, du hast das Prinzip schon verstanden! Hinter dem Unbekannten, das uns zuerst zurückschrecken lässt, eröffnen sich meist Dinge von großem Reiz. Gefahren gilt es zu bestehen. Schließlich sind sie da ... wir müssen sie nur entdecken.«

»Du meinst ... sie sind da ... aber man sieht sie nicht? Aber wo denn bloß?«

»Nun, einfach überall. Ringsherum!«

»Hier? Um uns herum?«

»Zweifellos!«

Eva blickte sich um, scheu, aber doch ziemlich genau.

»Hm«, machte sie, »ich sehe aber keine.«

»Dem ungeübten Auge sind sie natürlich unsichtbar«, erklärte die Schlange mit dem Gehabe großer Weisheit. »Aber Gefahren schafft man sich notfalls selbst. Du könntest zum

Beispiel viel höher in die Bäume klettern. Höher und immer höher.«

»Aber wozu? Um mehr zu sehen? Gute Aussicht hat man doch reichlich von den Hügeln.«

»Nein, das ist es nicht. Aber man könnte hinunterfallen. So tief, dass einem auch das Moos nichts mehr nützt. Was jedoch fürs Erste nicht unbedingt das Richtige wäre. Zu gefährlich für den Anfang. Man könnte aber ganz leicht andere Dinge tun. Zum Beispiel so weit gehen, immer weiter und weiter, bis man diesen Garten verlässt ... um zu sehen, was dahinter ist. Hast du nie darüber nachgedacht, was dahinter ist?«

»Na ja ... gefragt hab ich's mich schon. Aber Adam sagt, wir dürfen den Garten nicht verlassen.«

»Da hast du's!«, sagte die Schlange. »Es ist also verboten. Und warum?«

Eva zuckte die Schultern.

»Wenn es verboten ist«, sagte die Schlange, die jetzt beinahe flüsterte, »dann muss es dort etwas geben ... Etwas, das ihr nicht sehen sollt. Also etwas Interessantes.«

»Vielleicht lauern dort bloß die Gefahren, von denen du sprichst.«

»Umso besser! Willst du denn nicht wissen, was das für Gefahren sein mögen? Und sei es nur, um ihnen aus dem Weg zu gehen. Du musst ja nicht mitten rein tappen. Aber schließlich sind sie da, damit du sie bestehst.«

»Gibt es denn da irgendwo noch andere Gärten?«

»Andere Gärten ... und noch ganz andere Gegenden, von denen du nicht das Geringste ahnst. Flusslandschaften, Gebirge, Wüsten ... weite Meere.«

»Was sind Meere?«

»Oh, ein Meer ... das ist ein prachtvoller Anblick! Es liegt vor dir, so weit du schauen kannst, scheinbar unendlich, eine riesige Wasserfläche, in Farben von leuchtendem Blau und Grün. Und wie es an den Strand schäumt, unaufhörlich, in immer neuen Wellen! Das würde dir gefallen!«

»Und das andere? Die Wüsten und das alles?«

»Du wirst es nie herausfinden, wenn du dich nicht auf den Weg machst.«

»Und woher weißt du von all diesen Dingen?«

»Oh, ich bin dort gewesen. Ich habe die ganze Welt gesehen. Sie ist viel, viel größer als dieser Garten. In Gebirgen ... kannst du abstürzen. In Meeren ertrinken. Und in Wüsten verdursten. Lauter Gefahren. Aber alles ist besser als das hier ... wo nichts, nichts, nichts geschieht. Rein gar nichts!«

»Also, wenn das Meer so überaus hübsch ist, dann würde ich es wirklich gerne einmal sehen! ... Wenn das nicht zu gefährlich ist.«

»Es anzuschauen ist kein bisschen gefährlich«, versicherte die Schlange.

Womit sie für diesen Tag nun wirklich genug Unheil angerichtet hatte.

11

»Hast du jemals für möglich gehalten, dass es dich eigentlich gar nicht wirklich gibt?«

»Wie bitte?«

»Dass du gar nicht real existierst.«

Gott musste sich erst einen Moment lang sammeln.

»Na, siehst du mich vielleicht nicht?«

Der Teufel schüttelte entschieden den Kopf.

»Das ist kein Beweis«, behauptete er. »Ich seh dich ja nicht mal deutlich. Also könnte auch alles nur Einbildung sein, wer weiß?«

»Dann«, entgegnete Gott mit einem selbstzufriedenen Grinsen, »müsste es immer noch denjenigen geben, der diese Einbildung hat. Dich nämlich. Und wenn es dich gibt, dann gibt es automatisch auch mich. Hast du mir schließlich selbst vorposaunt. Dass es einen ohne den anderen gar nicht geben könnte. Und dass wir einander gegenseitig bloß einbilden, willst du ja wohl nicht ernsthaft behaupten.«

»Vielleicht existieren wir überhaupt nur in der Einbildung. Derjenigen, die an uns glauben. Und zerplatzen irgendwann wie eine Seifenblase.«

»Eine Seifenblase hat – wie überhaupt alles – eine kausale Ursache, einen Ursprung. Wie auch wir einen Ursprung haben.«

»Den wir aber überhaupt nicht kennen ... Beziehungsweise sehr wohl kennen. Denn wie ich schon das Vergnügen hatte, dir darzulegen, sind die Menschen und wir in einer Art gegenseitigem Einvernehmen entstanden. Sie haben sich uns ausgedacht und wir sie uns. Wenn du verstehst, was ich meine.«

»Das haben wir doch alles schon besprochen! Und du … hast dir schon mal gar nichts ausgedacht! Ich weiß jedenfalls, dass ich schon da war, lange bevor es Menschen gab … ich meine, geben wird.«

»Dann wurden wir vielleicht nicht geschaffen, sondern sind einfach entstanden.«

»Sehr einleuchtend! Und woraus denn, bitteschön?«

»Aus Notwendigkeit? Weil eine Nicht-Existenz auf Dauer nicht tragbar gewesen wäre. Weil nämlich dem Nichts zwangsläufig auch ein Etwas entgegenstehen muss. Und wenn es dieses Nichts jemals gab, dann war das Etwas eine unausweichliche Folge. Denn wie hätte das Nichts ewig Bestand haben können? Es wäre statt einem Nichts ein Garnichts gewesen, wenn es nicht im Spiegel eines Existierenden überhaupt benennbar geworden wäre.«

»Ja. Und da überhaupt nicht vorstellbar ist, dass es nichts als das Nichts gäbe, da Irgendetwas also nicht wegzudenken ist, muss es zwangsläufig auch existieren.«

»Und irgendwann entstehen … irgendwie.«
»Und irgendwo.«

Der Teufel nickte. »Und irgendwarum«, sagte er. »Und sei es nur rein deswegen: aus Notwendigkeit.«

»Gut, nehmen wir mal an, wir entstanden als logische Folge, aus einer Unvermeidlichkeit heraus ... weil ein Nichts auf Dauer sinnwidrig erscheint ...«

»... wie ich schon sagte ...«

»Ja, aber hätte dann nicht selbst das Nichts erschaffen werden müssen ... oder auch entstehen?«

»So aus dem Nichts, meinst du?«

»Man kann doch nur Etwas erschaffen, wenn zuvor ein Nichts existierte ...«

»... oder auch nicht ...«

»Nichts da! Es muss existieren.«

»Aber wenn es existierte, dann wäre es ja bereits etwas gewesen!«

»Hm ... aber allenfalls so eine Art Ur-Etwas.«

»Und ist das etwa nichts?«

Gott schnaufte. »Um nichts zu sein, ist es so oder so zu viel.«

»Mag sein.«

»Wie auch immer, es muss existiert haben. In irgendeiner Form. Und sei es nur als Idee.«

»Die dann allerdings jemand gehabt haben müsste!«

»Wer?«

Dass der Teufel antwortete, indem er nichts sagte, fügte sich als beredtes Schweigen, als

Unvollführtes in Vollendung vortrefflich in die Problematik.

»Wer, zum Donnerwetter nochmal, wer?«, wiederholte Gott. Seine Worte verhallten in der Unermesslichkeit des Alls. Oder verallten in der Unmessbarkeit des Halls – es kam auf dasselbe raus.

Sie drehten sich anscheinend immer im Kreis.

12

Über allem schien jeden Tag aufs Neue die Sonne. Als wäre sie schon immer dagewesen.

Nichts schien sie in ihrem Lauf stören zu können. Unbeirrt ging sie allmorgendlich im Osten auf, vollzog ihre Bahn im weiten Bogen über den Himmel, scheinbar wandernd, aus eigenem Antrieb, um dann im Westen unterzugehen. Orangefarben, zuweilen tiefrot in den Phasen des Auf- und Untergangs, die einzigen Zeiten, da sie zu betrachten war; gelb und zuweilen weißglühend am hellen Tag, wenn es ganz unmöglich wurde, sie in den Blick zu nehmen.

Klein erschien sie dem Auge, nur als Fleck, als Scheibe, rätselhaft größer nur in den Abend- und Morgenstunden. Ihre Kraft war so groß, dass sie selbst die dichtesten Wolken mit ihrem Licht durchdrang. Unmöglich, ihre wahre Größe und Gestalt zu erahnen.

Denn wahrhaftig war sie ungleich umfangreicher als die Erde, diese nur winzig im Vergleich. Die Sonne ein gigantisches Feuer, entstanden aus einer noch viel gigantischeren Wolke aus Gasen, eines Augenblicks im Ablauf aller Dinge plötzlich aufflammend, in geburthafter Entzündung, und dann brennend aus sich selbst heraus, sich ständig nährend und verzehrend, in einer Fusion von Elementen, im Ablauf einer Verkettung chemischer Reaktionen, die scheinbar ewig fortdauerten und sie unvergänglich machten. Wo sie doch, wenn sie entstanden war, eines – sehr fernen – Zeitpunkts auch wieder vergehen musste.

Alles in ihr, auf ihr und um sie her schien sie zu verbrennen. Und war doch nichts als lebensspendend, die reine Kraft, die pure Energie. Wenn sie auch für jegliche Art von Leben ein denkbar ungeeigneter Ort zu sein schien. Dem Anschein nach gänzlich unbewohnbar.

Und doch keimte in ihr der Funke einer Daseinsform, entfuhr ihrer ständig brodelnden Glut die Grundsubstanz einer sich nach und nach zur Existenz verdichtenden elementaren Verbindlichkeit. Sonnenwesen entstanden, ätherische Kreaturen, die ihrer Korona entstiegen, aufflackernd wie Flammen, filigran, durchscheinend, geisterhaft. Wie aus dem Nichts züngelten sie auf, schlängelten sich ins Leben wie aufkeimende Saat, wie eine sich einer Laichmasse entwindende Brut, unkörperlich und doch umrissen, sphärisch und doch konsistent. Und wie bei einer Brut gelang längst nicht allen der Aufstieg, überstanden am Ende nur die wenigsten die Stufen eines mühsamen Werdegangs, wurde die aufkeimende Existenz der meisten schon im Ansatz erstickt, in einem Ringen um die Gnade des Bestehens.

Wie schwirrende Mücken tanzten sie im Sonnenwind, stieben auf mit den weit ins All auszüngelnden Protuberanzen, taumelnd wie Schmetterlinge im Wind, eine Zeitspanne von Jahren und Jahrzehnten verharrend in den kreisläufig wirbelnden Turbulenzen, nur langsam, unendlich langsam immer weiter steigend und dann allmählich vergehend. Wie sie sich verdichteten, sich entwickelten, ihre Form und Gestalt ganz ausbildeten, zu riesenhaften Ausmaßen und doch klein in Relation zu dem sie gebärenden Stern. Wie sie, an Höhe gewinnend, einander gewahr wurden wie Flügelwesen eines Schwarms, wie sie sich umtanzten und sich in über Abergenerationen entstandenen Mustern einer lautlosen Kommunikation ergingen wie Insekten! Dann schließlich im allmählichen Aufstieg einen Gesang anstimmten, sirenenhaft, das Crescendo eines sich stetig steigernden Brausens. Wie sie sich widerwillig, immer noch wirbelnd und Kreise ziehend, verflüchtigten und verblassten, sich genüsslich suhlten in der letzten Gluthitze! Bevor sie sich dann in der zunehmenden Kälte des Raums verloren und nach und nach auflösten wie Nebelschleier.

Nur manchmal, ganz vereinzelt, stieben einige mit den Protuberanzen bis in die Nähe der ersten Planeten, schon so blass, so in Auflösung befangen, dass sie für kein Auge erkennbar waren. Während sie selbst kurze Blicke erhaschten auf die von geomagnetischen Stürmen erfassten Welten.

Nur ganz wenigen gelang es jemals, so weit in die Atmosphären vorzudringen, dass sie dort verglühten wie Meteoriten, rätselhaft rötliche Sternschnuppen.

13

Eines Tages näherte sich – wieder einmal – die Schlange. Eva hatte sich daran gewöhnt, dass sie dann und wann auftauchte. Hatte auch Adam davon erzählt. Der aber von dergleichen nichts wissen wollte, es interessierte ihn nicht. Gefahren gab es ja keine, also konnte auch kein Tier gefährlich werden. Und dass sie sprach, glaubte er nicht, er hielt es für eine von Evas Spinnereien. Schließlich konnte hier keines der Tiere sprechen.

Die Schlange war harmlos, musterte Eva jedoch auf eine Art, die ihr – irgendwie – unangenehm war. Wie, wusste sie auch nicht. Aber irgendwie. Sie hatte oft so ein Gefühl: dass die Schlange sie beobachtete. Ob sie ein Ziel verfolgte? Welches Ziel hätte man – um Gottes willen – hier in diesem Garten verfolgen sollen?

»Weißt du eigentlich, dass du ein verdammt hübsches Ding bist?«

Eva blinzelte.

»Hübsch?«, fragte sie. »Was meinst du damit?«

»Hübsch … schön … schön anzusehen.« Erklärte die Schlange.

»So?«, sagte Eva. »Wirklich?«

»Was wundert dich daran?«

Eva betrachtete die Schlange nun selbst sehr eingehend.

»Du bist doch ganz anders als ich«, befand sie. »Wie kann ich dir da gefallen?«

»Gefallen dir nicht auch Blumen ... oder schöne Steine?«

»Blumen ... Ja, sicher.«

»Und du schaust sie dir doch gerne an? Wie man sich schöne Dinge eben anschaut.«

»Aha«, sagte Eva. »Und du schaust mich also gerne an?«

Die Schlange züngelte.

»Verstehen tue ich das trotzdem nicht.«

»Was ist denn da zu verstehen ...? Du hast eine schlanke, sehr graziöse Gestalt. Bist gut gebaut, alles an dir ist rund und weich. Deine Haut ist ganz glatt. Du hast schöne, leuchtende Augen, groß und ausdrucksvoll ... wenn man hineinschaut, wird einem ganz schwindlig. Du hast schönes langes Haar, so hübsch tiefbraun, wie deine Augen, wie deine Haut. Es ist schön, wie du gehst, wie du dich bewegst – das ist alles so geschmeidig, die Bewegungen so fließend. Die Röte deiner Lippen ist wie ein Locksignal in all dieser Bräune, all diesen Brauntönen. Du bist so herrlich nackt – bis auf die Stelle da unten, zwischen deinen Schenkeln, wo es so verlockend sprießt und ...«

Eva konnte nicht mehr recht zuhören, ihr schwindelte der Kopf bei dieser ganzen Beschreibung.

»Hat Adam dir das denn nie gesagt?«

Evas Blick schien die Schlange zu durchdringen, er ging ins Leere.

»Nein«, sagte sie. »So was ... noch nie. Aber schließlich ... ist er ja auch ganz anders. Ich meine: Er unterscheidet sich.«

»Ja«, sagte die Schlange. »Und umso mehr sollte er Gefallen an dir finden. Interessiert er sich überhaupt für irgendwas?«

Eva zuckte die Schultern. »Ich glaube, er ist mit allem ganz zufrieden.«

»Sofern man mit nichts zufrieden sein kann ...«

Eva blinzelte, die Schlange züngelte.

»Vielleicht solltest du ihn mal ein bisschen aus der Reserve locken ...«

»Aus der Reserve locken?«

»Ja, sein Interesse wecken. Schließlich, wie soll er's auch wissen? Er ist eben einfach noch nicht auf die Idee gekommen ... Jedenfalls, wenn sich niemand erbarmt und euch mal ein wenig Anleitung gibt, werdet ihr ewig und alle Tage in eurer einfältigen Zufriedenheit dahinsiechen.«

Eva verstand nicht alles, verstand aber wohl, worauf es hinauslief. Alles, was die Schlange äußerte, lief ja irgendwie darauf hinaus. Sie sollten »ihre Grenzen sprengen«, neue »Bereiche auftun«, die Horizonte »nicht als Barriere be-greifen«. Lauter solches Zeug. Anscheinend sollte sie nun wieder etwas anstreben, was ihr völlig unbekannt war und von dem sie noch nicht die geringste Vorstellung hatte.

»Ich ... könnte ihn ja mal fragen ... ob er mich schön findet.«

»Ach, das würde auch nichts nützen ... Wenn er's nicht von selbst schon gemerkt hat ... Da müssen wir andere Geschütze auffahren.«

Die Schlange grübelte, so unmissverständlich, dass Eva es sich verkniff nachzuhaken, was es mit diesen Geschützen auf sich hatte.

»Manchmal«, erklärte die Schlange (und es klang ganz nach einer ihrer üblichen, komplizierten Erklärungen, die in ihrer Unverständlichkeit gar keine waren), »sind Dinge einfach zu offensichtlich. So offensichtlich, dass man sie erst ein wenig verhüllen muss, um sie sichtbar zu machen.«

Eva seufzte. »Sie sind sichtbar, also muss man sie verhüllen, um sie sichtbar zu machen? Was ist das für ein Unfug?«

»Alles, was man leicht und ganz ohne Weiteres haben kann, interessiert niemanden. Erst wenn es unzugänglich wird, fängt man an, es zu wollen. Und kostbar werden Dinge erst dann, wenn man weiß, dass sie da sind, einem der Zugang aber verwehrt wird. Verstehst du?«

»Nein.«

Der lidschlaglose Blick der Schlange schien für zwei, drei Sekunden zu flackern.

»Schau dir diese Blumen dort an. Hübsch, nicht?«

Eva betrachtete sie, aber ihre Begeisterung, sofern man davon überhaupt sprechen konnte, war deutlich allein der Höflichkeit geschuldet.

»Nun, sie werden viel hübscher, wenn ich einen Zaun darum baue und dir verbiete, sie zu pflücken.«

Eva verzog die Augenbrauen. »Einen Zaun?«

»Nicht mal den brauchen wir dafür. Ich verbiete dir ganz einfach, sie zu pflücken. Wir legen Steine dorthin, das ist die Grenze. Sozusagen der Zaun. Den darfst du nicht überschreiten. Und diese Blumen keinesfalls pflücken!«

Eva betrachtete die Blumen, dann die Schlange. Und dann wieder die Blumen.

»Aber was macht das schon?«, sagte sie. »Ich kann doch woanders Blumen pflücken. Es gibt hier überall welche.«

»Ja, natürlich. Die kannst du alle pflücken. So viele du willst. Bis du sie nicht mehr tragen kannst. Du kannst zehn Tage nichts anderes machen als Blumen pflücken. Aber nicht diese hier. Diese nicht. Auf keinen Fall! Die lässt du stehen! Das ist verbotene Zone. Die darfst du keinesfalls überschreiten!«

Eva betrachtete die Schlange, dann die Blumen. Und dann wieder die Schlange. Ihre Miene verdüsterte sich.

»Und wenn doch?«

Die Schlange züngelte. Ein Glitzern trat in ihre Augen. Es wirkte genießerisch. Auch wenn das für Eva keinen Zusammenhang ergab.

»Es würde dir schlecht ergehen. Etwas Schlimmes würde dann passieren.«

»Ach ja? Und was?«

»Das«, sagte die Schlange, »werde ich dir nicht verraten. Nur, dass es etwas Schlimmes ist, etwas sehr Schlimmes. Viel besser, wenn du es nicht ahnst. Nur Dummköpfe benennen ihre Strafe.«

»Aber was könntest du mir schon Schlimmes antun?«

»Es genügt, dass du spürst, dass ich es könnte.«

Eva spürte es. Es war plötzlich gar nicht mehr angenehm, die Schlange in der Nähe zu haben. Sie machte ihr Angst.

»Ich fürchte dich nicht!«, behauptete sie stattdessen. »Sei lieber vorsichtig!«

Was die Schlange – auf rätselhafte Art – zu besänftigen schien. In ihren Augen leuchtete es auf.

»Nun, wie dem auch sei«, sagte sie. »Es ist nicht dieses Experiment, was wir zu Ende führen müssen. Wir müssen etwas anderes tun. Und zwar mit dir.«

»Ach ja?«

»Ja. Damit du unerreichbar wirst, eine verbotene Zone.«

»Das heißt, wir müssen einen Zaun um mich bauen ...«

»Ja, sozusagen ... sozusagen.«

Die Schlange betrachtete die Kleine. Mit einer gewissen Freude. Dumm war sie ja nicht, wahrhaftig. Bloß unwissend. Mit ausreichend Wissen ausgestattet würde sie Adam leicht überflügeln.

Aber mal ganz locker. Wie kratzbürstig sie auf sein Gebot hin geworden war … anstatt ihre Angst zu zeigen oder auch bloß Respekt. Das war so ganz nach ihrem … nach seinem Geschmack. Das Potenzial war da, ganz zweifellos.

»Wir werden deinen Körper mal etwas bedecken … dir etwas anziehen. Nicht zu viel, natürlich. Nur insoweit, dass du die Blicke auf dich ziehst. Und deine Nacktheit erstrebenswert wird.«

Denn Eva, das wurde im Zuge des Experiments deutlich, neigte dazu, gleich übers Ziel hinauszuschießen. Indem sie an der Verhüllungsprozedur viel mehr Gefallen fand, als je zu erwarten gewesen war.

»Diese Felle …«, sagte sie, »die sind schön! So herrlich gemustert … genau wie diese Baumkatzen unten am Fluss. Woher hast du sie?«

»Oh, mach dir darüber mal keine Gedanken. Das hat schon alles seine Richtigkeit. Leg sie dir bloß mal um … nein, nicht so … du musst die Schultern frei lassen … und die Beine muss man sehen können. Ja, so … so geht's. Geh und schau dich mal an, hier, im Wasser.«

Eva stapfte hinein, wo das Ufer flach war, und wartete, bis die aufgewühlte Oberfläche wieder zur Ruhe gekommen war und einen Spiegel bildete. Sie beugte sich darüber und betrachtete sich. Was nicht einfach war, denn sobald sie sich bewegte, schlug das Wasser wieder kleine Wellen.

»Und?«, fragte die Schlange. »Was sagst du?«

Evas Gesicht sah aus, als wäre ein Lichtschein darauf gefallen. Vielmehr schien es aus sich selbst zu leuchten.

»Schick«, sagte sie.

Die Schlange züngelte.

14

Oben am Himmel kreisten indessen die Kometen.

Sie gehörten zu den schönsten Schöpfungen im Universum. Wenn sie auch nicht mehr waren als Brocken aus Eis, Sternenstaub, Gas und Gestein. Wenn sie auch zuweilen äußerlich nicht mehr hermachten als ein Klumpen Dreck und bloß aussahen wie getrocknete Früchte. Und wenn sie auch die meiste Zeit unsichtbar ihre Bahn durch den Raum zogen, in aller Heimlichkeit. Es gab kaum unspektakulärere Phänomene.

Prachtvoll wurden sie jedoch, wenn sie sich den Sonnen näherten und in die Ströme von deren Winden gerieten. Dann war es, als erwachten sie zum Leben, indem sie sich zunächst mit einer schleierartigen Hülle umgaben, um dann, der Sonne noch näher, ihren Schweif auszubilden. Es war, als würden sie von unsichtbarer Hand entzündet. Als wüssten sie, dass nun, in einem Bereich der lebensspendenden Nähe zur Sonne, die Möglichkeit bestand, ihrer ansichtig zu werden. Dass nun ihre Stunde gekommen war.

Sie selbst waren Lebensspender – aber auch Todbringer, gleichermaßen. Ihr Zusammentreffen mit Planeten konnte segensreich sein – oder verheerend. In ihnen lag die Macht, alles zu zerstören – oder allem erst einen Sinn zu geben. Das

Gemisch der in ihnen eingeschlossenen Elemente konnte der Funke sein, der alles in Gang brachte – oder alles im Keim erstickte.

Wie gigantische astronomische Uhren umkreisten sie ihre Sterne in weit ausladenden elliptischen Bahnen, die mitunter Unermesslichkeiten weit ins All hinaus- und dann wieder zurück zur Sonne führten, oft so nah, dass sie drohten, in deren Eruptionen zu vergehen. Die großen unter ihnen zogen in sturer Regelmäßigkeit ihre Bahn, durch nichts abzulenken. Unendlich langsam verzehrten sie sich im stetig wiederkehrenden Aufflammen ihrer Hülle, ihres Schweifs, so allmählich, dass darüber Millionen und Abermillionen Jahre verflossen. Halbe Ewigkeiten dauerte es, bis sie vergingen. Vorausgesetzt, dass im unaufhaltsamen, für die ganze Ewigkeit programmierten Lauf der Gestirne nichts sich ihnen in den Weg stellte.

Einschüchternd war ihre Erscheinung in ihrer Pracht, Ehrfurcht, ja reine Furcht regte sich angesichts ihrer Annäherung.

Hatten sie, wie alle Himmelszeichen, nicht eine besondere Bedeutung? Waren sie nicht offenbar Phänomene übergeordneter Natur? Zumal man ihr Erscheinungsbild in seiner Glorie als ihre dauerhafte Wesensart annehmen musste, unwissend, dass sie im Entfernen in die Tiefen des Alls alle äußere Pracht stets aufs Neue verloren.

Ein Komet erschien am Himmel, einer der größten und schönsten. Sein wie von blauem Feuer umspielter Kopf war riesig, sein Schweif schien aus sprühenden Funken zu bestehen. So hell erstrahlte er am Firmament, dass er sich selbst am Tag wie ein drohendes Zeichen erkennen ließ.

Hier, so nahe der Sonne, war er unzählige Male unerkannt, unreflektiert vorübergezogen, immer im Abstand etwa eines Menschenlebens. Doch lange Zeit hatte es keine Augen gegeben, ihn zu sehen. Dann endlich, im Ablauf des Geflechts der Ewigkeiten, in denen seine Existenz nur ein Minimum darstellte, erwuchs auf einem der Planeten das Leben, entstanden Kreaturen, die allmählich Sinne entwickelten, ihn wahrzunehmen, und Gehirne, zu begreifen, was sie sahen. Und vorübergehend auch die Begrenztheit des Denkens, in ihm nichts zu sehen als ein fatales Zeichen für Unheil.

Augen schauten auf zum Himmel. Die beobachteten, wie er sich Tag für Tag deutlicher abzeichnete, wie er sich nach und nach als das entpuppte, was er war. Sie blickten neugierig, fasziniert, dann skeptisch, unsicher, und schließlich ängstlich.

Dieses Himmelszeichen musste etwas zu bedeuten haben.

Etwas stand bevor.

Und es konnte nichts Gutes sein.

15

Eva saß am Fluss und sang.
Adam hockte im Gebüsch und beobachtete sie.

Es funktionierte!

16

An Planeten herrschte im Weltall wahrhaftig kein Mangel. Doch auf den allermeisten von ihnen regte sich überhaupt nichts. Kein Wunder, wenn sie gasförmig waren, zu trocken, zu unförmig, zu heiß, zu kalt, zu nah an einer zu grellen Sonne, zu weit von einer vergleichsweise kraftlos leuchtenden entfernt. Wenn sie nicht mal eine Atmosphäre zustande brachten. Oder eine, die so lebensfeindlich war wie sonst was. Wenn sie ihrer Atmosphäre in aller vielversprechenden Pracht wieder verlustig gingen. Wenn einschlagende Meteoriten viel zu früh alles zunichtemachten.

Und selbst wenn auf einigen Leben entstand, war das kein Garant für eine nennenswerte Fortdauer. Allzu oft blieb das eine allzu vorübergehende Angelegenheit. Und führte nicht weit. Niedere Lebewesen. Bakterien. Moose, Flechten. Mehr kam meist nicht zustande.

Doch auf der Erde war das anders.

Gott stellte fest, dass, nachdem dort die Dinge ja schon in Gang gekommen waren, eine natürliche Auslese alles in Bahnen lenkte. Tierarten entstanden, immer neue, entwickelten sich weiter, starben aus oder wandelten sich allmählich zu höheren, ihrer Umwelt immer besser angepassten Arten. Manche von ihnen beherrschten Abermillionen Jahre lang die Szenerie – um dann doch noch unterzugehen. Es war ein langwieriger Prozess voller Rückschläge, Phasen der Stagnation, sprunghafter Entwicklungen. Bis nach langem, sich in aller Ausführlichkeit vollziehenden Werdegang eine Spezies auf den Plan trat, die im Ablauf von Millionen von Jahren an aufrechter Gestalt gewann, ohne dass Gott viel dazu tun musste. Das sah ihm ähnlich, und auch der Mensch, unweigerlich. Beziehungsweise er dem Menschen. Da fügte sich irgendwie eins ins andere. So wie Hunde oft ihren Besitzern gleichen, oder diese ihnen. Ohne Weiteres auch eine Sache der Annäherung. Mensch und Gott wurden einander immer ähnlicher. Und nicht nur äußerlich.

In vielem glichen die Menschen ihrem Schöpfer – also ihm –, und vor allem in einem. Das war der Drang, etwas zu schaffen, etwas zu erschaffen, zu erobern. Die Dinge voranzubringen.

Gott beobachtete den Menschen. Und stellte dabei vorrangig eines fest, mit nicht geringem Erstaunen. Und das war die Sehnsucht des Menschen nach einem Schöpfer (also ihm), die Sehnsucht danach, irgendwoher zu kommen und irgendwohin zu gehen, sich zu verankern. Obwohl die Menschen doch gar nichts von ihm wissen konnten, erdachten sie seine Existenz, wie etwas Zwangsläufiges, Unausweichliches. Als könne kein Zweifel daran bestehen, dass dies alles – die Welt, der Himmel, die Erde – nicht einfach bloß so da, sondern von jemandem gemacht worden war.

In ihrer Unbedarftheit ersannen sie sich zunächst Gottheiten aller Arten, in einer Vielzahl. Zuerst waren es bloß die Sonne und der Mond. Feuer und Wasser, Regen und Wind. Zwar nicht greifbar, nicht sichtbar, aber wenigstens erkennbar. Der Mond in seinen Phasen wurde für das sich öffnende und wieder schließende Auge Gottes gehalten. Und die Langsamkeit, mit der dies geschah, für einen Hinweis auf unirdische, übergeordnete Zeitdimensionen. Die Naturgewalten galten als Zeichen seiner Macht. Oder die Mächte verschiedener Götter. Man versuchte in den Sternen zu lesen, sie zu deuten, nicht wissend, dass man beim nächtlichen Aufschauen in eine gigantische Zeitverzerrung blickte und so mancher Stern, der scheinbar neben den anderen strahlte, schon lange erloschen war.

Doch je mehr Zeit verging, je weiter sie sich entwickelten, desto mehr vereinfachte sich dieses Bild. Dass ein einziger, ein allmächtiger Gott für alles verantwortlich war, bis zu dieser Vorstellung dauerte es geraume Zeit. Doch einmal geboren, war dieser Gedanke nicht mehr aus den Köpfen herauszubringen.

Auf dem Weg dahin kamen die Menschen irgendwann auf die Idee, dass nicht nur ihre Götter etwas für sie, sondern sie auch etwas für ihre Götter tun konnten. In bescheidenem Rahmen zwar, aber immerhin. War das ganze Leben nicht ein Geben und Nehmen? Das eine schien ohne das andere nicht zu funktionieren, ins Leere zu laufen. Vielleicht, dachten die Menschen, legten ihre Götter ja Wert auf Gefälligkeiten. Vielleicht konnten sie sich auch bei ihnen um etwas verdient machen, sich ihnen anerbieten. Da war durchaus schon früh das Grundprinzip im Schwange, dass alles im Dasein sich lohnen, sich rechnen müsse. Wie (so die Überlegung, mehr im Stillen, unausgegoren) konnte man sich da einen Vorteil verschaffen vor anderen, die ebenfalls beteten und um Gnade baten? Die Gnade der Gottheiten, deren Existenz sie bloß annahmen, aufgrund der natürlichen Zeichen anfangs durchaus annehmen durften, einen gewissen Sinn ergab das durchaus. Genaugenommen waren es urkapitalistische Erwägungen, von Investieren und Profitieren. Von nichts kam schließlich nichts, und nur wer beizeiten etwas in die Waagschale legte, konnte ein Gleichgewicht herstellen. Und schließlich, wenn man gab, dann konnte man sogar mehr geben als andere, damit andere übertreffen, in den Schatten stellen.

So begannen die Menschen zu opfern, auch und gerade nach eingetretenen Rückschlägen und Missgeschicken, etwa in Form von aus dem Gleis laufenden Naturgewalten, verheerenden Wetterphänomenen. Sturm und Hagel, Blitz und Donner, Überschwemmungen und Dürren wollten göttlichen Machtdemonstrationen gleichkommen.

Und drückte Zorn, nackte Wut nicht immer Unzufriedenheit aus, oder eine Warnung?

Grund zu schlechtem Gewissen fand sich immer, das eigene Verhalten war nie lupenrein. Offenbar – daran konnte bald kein Zweifel mehr bestehen – stand man unter ständiger Beobachtung und wurde gegebenenfalls bestraft. Musste man sich gegenüber einer allmächtigen Göttlichkeit nicht zwangsweise als *Kinder* betrachten? Und war Bestrafung nicht ein probates – ein allzu probates – Mittel der Erziehung? Dem als ausgleichendes Prinzip die Belohnung gegenüberstand. Die allerdings nur sparsam und nach ausreichender Phase der Bewährung anzuwenden war.

Opferte man nicht, durfte man sich über ausbleibende Belohnung nicht wundern. Opferte man zu wenig, kam es auf dasselbe raus. Schließlich gab es nichts Schlimmeres als Geiz. Entweder oder, ganz oder gar nicht. Götter, befand man, waren eine Instanz, die es zufriedenzustellen, günstig zu stimmen und zu besänftigen galt.

Genügten Opfer nicht, ließen einen die Gottheiten dies wissen. Anhand von Machtdemonstrationen. Heimsuchungen, Katastrophen. Erhöhter Druck bedingte ein erhöhtes Maß an Bemühungen. Dass die Menschen die Bedürftigkeitsmechanismen ihrer Götter somit – ungeschminkt betrachtet – auf das Niveau einer

Schutzgelderpressung drückten, schien sie dabei nicht zu stören.

Und dass das Ganze – bei aller Opferei – nicht immer funktionierte, dass die Götter sich als mitunter unverlässlich, ja geradezu launisch erwiesen, ließ sich mit der Unergründlichkeit ihrer Ratschlüsse begründen. Irgendeinen Grund mussten sie für ihr Vorgehen haben. Und sei er auch noch so wenig nachvollziehbar. Was nur bedeuten konnte, dass sie ihre eigenen Maßstäbe hatten. Die der Mensch nicht durchblickte. Wie auch hätten die Menschen, klein, vergleichbar machtlos, die Beweggründe von Gottheiten begreifen können? Völlig logisch, dass dem nicht so war. Es konnte gar nicht anders sein. Denn all ihre Motivationen zu verstehen hätte ja bedeutet, sich mit ihnen auf ein und demselben Niveau zu befinden. Was nachgerade lächerlich erschien. Im Gegenteil: Die Unverständlichkeit übermächtiger Ratschlüsse erhob sich selbst in den Rang eines Beweises für göttliche Existenz. Hätte man Götter immer verstanden und ihre Beweggründe sämtlich durchblickt, wäre das wenig einsichtig gewesen. Je weniger man sie verstand, desto deutlicher zeugte dies nicht nur von ihrer Existenz, sondern umso mehr von ihrer unermesslichen Überlegenheit. Da der Mensch die Sollseite in Sachen Opfer abzuschätzen nicht in der Lage war, da er also nie ermessen konnte, wie viel an Opfern nötig und angemessen war, bestimmten die Götter das Ausmaß selbst und stellten gegebenenfalls Nachforderungen, in Form von vernichteten Ernten, Viehseuchen, Erschlagenen, Ertrunkenen. Tribut und Strafe gingen da in eins.

Wann dabei jemand auf die Philosophie verfiel, dass Bestrafungen im Spiegel einer Züchtigungspädagogik doch eigentlich Belohnungen darstellten, war dabei im Nachhinein ebenso wenig zu eruieren wie der Zeitpunkt, an dem jemals ein Mensch – und sei es nur aus purem Zorn – begonnen hatte, an der Existenz des Göttlichen zu zweifeln.

17

Der Blick ging an der Mauer hoch. Hoch und immer höher. Und das war sehr hoch!

Genaugenommen waren es zwei Blicke.

»Die können wir doch niemals überwinden!« Befand Eva.

Adam war ganz danach, ihr recht zu geben. Denn auch ihm erschien die Sache aussichtslos.

Was er natürlich nicht zugeben durfte.

»Willst du etwa für immer hier drin bleiben?«

Eine rhetorische Frage. Nein, das wollte sie nicht, ebenso wenig wie er.

Doch was nützte das?

»Natürlich nicht!«, sagte sie. »Aber da kommen wir nicht drüber. Wenn wir hochklettern, werden wir von so hoch fallen, dass es schmerzen wird. Vielleicht werden wir sogar … sterben.«

Adam schauderte. »Mag sein«, sagte er. »Aber wir müssen einen Weg finden. Dort drüben … auf der anderen Seite, da gibt es so viel zu entdecken!«

Sie hatten so viel entdeckt, so viel verstanden in den zurückliegenden Wochen. Dank der Schlange. Dank ihrer Gespräche zu zweit, die endlich ganz andere Formen angenommen hatten. Dank dem, was sie miteinander getan hatten.

Irgendwann war das einfach passiert: Adam suchte Evas Nähe. Was sie anfangs eher scheu werden ließ. Doch je mehr sie sich ihm entzog, desto heftiger wurde sein Drang. Er begann sie zu vermissen. Ihre Art, sich neuerdings zu bedecken, zu kleiden, hatte seine Neugier geweckt. Sie verhielt sich so anders. Und er ertappte sich immer dabei, an sie denken zu müssen. Hatte so merkwürdige Empfindungen. Ganz ähnlich den Schmerzen, von denen Eva gesprochen hatte, etwas Unangenehmes, was weh tat – und gleichzeitig angenehm war. Adäquat erwuchs auch in ihr nach und nach eine ungeahnte Sehnsucht.

Und dann waren sie sich immer näher gekommen. Bis der Gedanke, alleine zu sein, ohne den anderen, schmerzlich wurde. Bis sie herausgefunden hatten, wie nah man sich kommen konnte – und es dann einfach geschehen war. Ohne dass sie überhaupt wussten, wie ihnen geschah.

Und als es passiert war, da kam das Erwachen, wie aus einem Rausch. Urplötzlich war ihr Blick klar gewesen. Als hätte ihnen jemand eine Binde von den Augen gerissen.

Wie war es möglich, dass sie so blind gewesen waren?

Sie waren wie von einem Bann befreit, und plötzlich erschien alles in diesem Garten öde und leer, aller Üppigkeit der Pflanzenwelt, aller Mannigfaltigkeit der Tierarten zum Trotz. Sie befanden sich hier allein, aber irgendwo draußen mochte ihre Einsamkeit ein Ende finden, die Schlange hatte es Eva gesagt.

»Ist dir nie die Idee gekommen, dass ihr nicht die Einzigen sein könnt? Was, wenn es da draußen noch andere gibt?«

Nein, diese Gedanken waren ihr nie gekommen. Doch nun, da sich so vieles verändert hatte, kam es ihr ganz naheliegend vor. Dies. Und das mit den Schmerzen, mit dem Sterben.

Wir müssen diesen Garten verlassen, hatte Adam eines Morgens gesagt. Die Stimmung, die ganze Atmosphäre hier war anders geworden. Die Sonne hatte aufgehört zu scheinen, alles lag unter einer Decke grauer, rasch dahinziehender Wolken. Ein ungemütlich kühler Wind pfiff durch die Bäume und kräuselte unaufhörlich das Wasser. Es gab ihnen das Gefühl, etwas Ungehöriges getan, gegen ungeschriebene Gesetze verstoßen zu haben, wenn sie auch zu keinem Ergebnis kamen, welche das gewesen sein sollten. Was sie getan hatten, war ihnen wie eine Erfüllung erschienen. Da sie es einmal getan hatten, kam es ihnen seltsam vor, dass sie nicht längst darauf gekommen waren. Dass es das war, was das Leben schön und reich machte. So zueinandergefunden zu haben, bedingte einen neuen Rausch, viel tiefer und beglückender als der vorige. Der mehr einem seligen Dahindämmern geglichen hatte.

Die Schlange hatte recht gehabt. In allem.

Und nun standen sie am Rand des Gartens, wohin sie weit hatten wandern müssen, der kühle

Wind unter dem dichten Grau des Himmels umwehte sie unangenehmer als zuvor, die Wolken wurden immer dichter und immer drohender. Sie standen vor der Mauer, die den Garten vermutlich an allen Seiten begrenzte. Doch wer hatte sie gebaut? Und warum? Jemand musste es ja getan haben.

»Gott ist zornig«, sagte Eva ganz plötzlich.

Gott? Wer war das? Wen meinte sie damit?

Ganz plötzlich war ihr diese Erkenntnis gekommen. Schließlich, es musste ja jemanden geben, der sie erschaffen, der sie hierhergebracht hatte. Immer musste es jemanden geben, diese Erkenntnis war nur eine Frage der Zeit. Jemand lenkte ihre Geschicke. Und dieser Jemand war jetzt zornig, weil sie seinen Vorstellungen nicht entsprochen hatten und vorhatten, den Garten zu verlassen. Welcher doch – offensichtlich – allein für sie Bestand hatte.

Auch Adam hatte sich solche Gedanken gemacht. Er hatte nichts gesagt, weil die Ahnung, die mehr und mehr in ihm heranreifte, keine gute zu sein schien. Jedenfalls nichts Gutes verhieß.

Es stimmte, diese Erscheinung am Himmel, dieser leuchtend schweifende Stern war eine Warnung gewesen.

Wie weit würde der Zorn Gottes gehen?

Es gab jetzt kein Zurück mehr. Das war es, was er vor allem anderen empfand. Die Erkenntnisse kamen, sie schienen sich aneinanderzureihen und kein Ende mehr zu nehmen. Sie wurden klüger und weiser mit jedem Tag. Auch das würden sie nicht mehr ändern können. Etwas hatte begonnen. Das nicht mehr aufzuhalten war. Sie hatten das Wesen ihrer Art entdeckt, und es bedeutete Rebellion. Es war etwas, das den Atem beschleunigte und die Brust schwellen, das Blut in den Adern pulsieren ließ.

Zu rebellieren, sich zu erheben – was für ein großartiges Gefühl!

Es kam ihnen so vor, als ob ihr Leben erst jetzt begonnen hatte. Mit der Entdeckung des Willens.

Es musste einen Weg geben, diese Mauer zu überwinden. Irgendwo in ihr musste es einen Durchgang geben. Diese Erkenntnis kam ihm ganz plötzlich, woher, das wusste er nicht. Doch es war nichts wie eine Ahnung oder bloß irgendein Gedanke. Es war wie eine Vision. *Nichts ist auf Dauer undurchdringlich.*

»Komm«, sagte er ... und nahm Eva bei der Hand. Zog sie mit sich. »Wir müssen immer an der Mauer entlang gehen ... dann werden wir den Ausweg finden!«

Eva schwieg. Sie war bereit ihm zu folgen. Seine Worte klangen so bestimmt, dass es keiner Fragen bedurfte.

Sie gingen lange, so weit, bis ihre Füße weh taten. Sie wussten längst, was Schmerz war, hatten ihn in vielen Formen erlebt, äußerlich wie innerlich. Sie hatten ihn entdeckt in dem Moment, da sie sich miteinander verbunden hatten, auf diese rauschhafte und gleichzeitig so beängstigende Art. Der Moment war wie eine Gefahr gewesen, etwas Beklemmendes – und gleichzeitig doch so befreiend. Es war schmerzhaft gewesen – und doch war dieser Schmerz etwas Willkommenes. Plötzlich war alles gleichgültig geworden, alle Bedenken im Nu verworfen. Es war, wie die Schlange gesagt hatte: etwas Bedrohliches, Riskantes, das im Zuge der Überwindung sich ins Gegenteil kehrte. Es war wie eine Verwandlung.

Es musste Stunde um Stunde vergangen sein, unter dem immer bedrohlicheren Gesicht des Himmels mit immer dickeren Wolken, die vor einem zum Sturm gesteigerten Wind dahintrieben. Bis ein fürchterliches Grollen ertönte und Blitze aufzuckten. Was die beiden Fliehenden dazu bewegte, sich ängstlich zwischen nahe Büsche zu flüchten und dort Deckung zu nehmen. Denn dergleichen hatten sie nie zuvor erlebt.

Adam hielt Eva fest umschlungen, die am ganzen Körper zitterte. Er selbst wirkte nur scheinbar unbewegt, weil er in einer Schockstarre dahockte wie ein Stein. Angst überfiel sie beide wie eine unsichtbare Kraft. Auch dies eine neue Erfahrung. Er empfand Angst. Um sich – aber noch mehr um seine Gefährtin.

»Wir müssen zurück!«, sagte Adam.

Doch Eva, die ihren Schrecken überwunden hatte, schüttelte entschieden den Kopf.

»Nein!«, sagte sie laut gegen den Sturm. »Dazu ist es zu spät. Wir müssen weiter!«

Nun war sie es, die Adam mit sich zog. Durchnässt vom einsetzenden Regen stolperten sie weiter. Bis sie endlich doch noch am Ziel waren.

»Da, schau!«

Sie waren abrupt stehen geblieben und blickten gemeinsam dorthin, wo das Einerlei des Mauergrunds sein Ende fand. Wo etwas zu erkennen war.

Eine Lücke in der Mauer.

Eine Tür.

Sie gingen näher und standen dann ehrfürchtig davor, lange zögernd.

Es war nicht Teil der Mauer und doch ein Teil von ihr. Ein Widerstand, eine begrenzende Fläche. Und wenn es ein Durchgang war, dann sicher nicht für sie. Das ergab keinen Sinn.

Eva langte nach dem Riegel – der das Einzige war, das sich zum Ergreifen anbot. Bevor sie ihn niederdrückte, sahen beide sich an.

Und dann öffnete sich die Tür ... und sie waren auf der anderen Seite. Draußen. Außerhalb. Jenseits.

Sie rannten los. Rannten und rannten. Ließen alles zurück. Das Unwetter, die Mauer, die Tür, den ganzen Garten. Sie rannten so lange, bis das

alles hinter ihnen – und alles andere vor ihnen
lag. Die Zukunft. Das völlig Ungewisse.
Die Freiheit.

18

»Was hast du getan?«

Eine halbe Ewigkeit verging.

Aber Gott ließ nicht locker.

»Ich hab dich was gefragt!«

Der Teufel machte den Eindruck tiefster Unbescholtenheit. Wenn er eines beherrschte, dann eine Unschuldsmiene.

»Was soll ich schon getan haben … Was zu tun war. Was ich tun musste.«

»Du hast alles zerstört!«

»… was sowieso keinen Bestand haben konnte. Obwohl es – vorübergehend – bestanden hat. Allerdings nicht den Test.«

»Wenn etwas keinen Bestand hat, dann die Beständigkeit.«

»Woran nie ein Zweifel bestand.«

»Darauf hab ich ja auch nie bestanden.«

»Sag mir mal lieber, was *du* getan hast! Und wo sie abgeblieben sind.«

»Nun, sie sind nicht mehr da. Das siehst du ja.«

Ja, es war deutlich. Der Garten Eden verwaist, Gottes Kreaturen waren nirgends mehr zu finden. Erstaunlich, wie öde alles wirkte. Auch wenn sie gerade mal zu zweit gewesen waren.

»Du hast sie doch nicht etwa …?«

Gott schnaubte verächtlich. »Für wen hältst du mich? Ich habe sie bloß verjagt. Sie wollten ja sooo gerne sehen, was jenseits des Gartens liegt. Bitte sehr, das können sie haben!«

»Du bist ein sehr zorniger Gott. Und verdammt leicht beleidigt.«

»Na und?«

»Mit Souveränität hat das jedenfalls nichts zu tun.«

»Was hat denn Souveränität damit zu tun?«

»Eben nichts. Du hörst mir wieder mal nicht zu. Du bestrafst sie, als wären sie verantwortlich. Aber verantwortlich bist allein du. Du hast sie schließlich erschaffen, die haben sich nicht selbst auf die Welt gebeten. Und weil du sie unvollkommen erschaffen hast, bist du nur umso mehr für sie verantwortlich. Schließlich waren sie ja nicht von sich aus so beschränkt. Du wolltest ja nicht, dass sie irgendwas wissen. Und dass sie irgendwann anfangen, Fragen zu stellen, war ja nun wirklich vorauszusehen.«

»Ja, besonders wenn sie jemand dazu anstachelt.«

»Darauf wären sie irgendwann auch alleine gekommen. Wenn irgendwo Grenzen sind, wird sie früher oder später jemand überschreiten. Wenn es Schranken gibt, werden sie früher oder später entdeckt – und überwunden. Warum hast du ihnen ein Gehirn gegeben, die Fähigkeit zu denken? In der Erwartung, dass sie es niemals anwenden? Du allein bist schuld an dem, was passiert ist. Weil du sie so gemacht hast, dass es irgendwann passieren musste. Ich meine: Du gestaltest sie äußerlich so, dass sie zueinander … ineinander passen … und dann wunderst du dich, dass sie's eines Tages entdecken?«

»Diesen tollen Tipp hast du mir gegeben! Von wegen Frau … und anatomisch angeglichen. Hätte ich mir denken können, dass dahinter irgendeine Schweinerei steckte!«

»Ich glaube viel eher, dass du sie unbewusst schon auf Sterblichkeit hin konzipiert hast.«

»Unbewusst … was soll das denn heißen?«

»Na ja … eben nicht bewusst.«

»War mir gar nicht bewusst.«

»Adam jedenfalls sah schon so aus. Ganz auf Fortpflanzung getrimmt. Und Eva war auch wie gemacht dafür. Alle Voraussetzungen waren schon angelegt. Findest du nicht, dass Vorrichtungen deren Anwendung als logische Folge geradezu unvermeidlich machen?«

Gott seufzte. Damit konnte man ja immer Zeit gewinnen.

»Vielleicht habe ich tatsächlich im Stillen geahnt, worauf alles hinauslaufen würde. Du wärst nicht vielleicht bereit, das als göttliche Voraussicht und unergründliche Weisheit gelten zu lassen?«

»Die Tür in der Mauer eingeschlossen? Eine offene, wohlgemerkt! Also, wenn du mich fragst, hast du es selbst genau gewusst. Wenn auch unwissentlich. So tief drinnen halt.«

»Was gewusst?«

»Dass du dich verzettelt hast.«

Die einzige Antwort war ein verächtliches Schnaufen.

»Also, nun gib's schon zu!«

Gott gab sich undurchsichtiger denn je, aber ganz verbergen konnte er nichts. Am wenigsten sich selbst. Nicht vor diesem Urtyp einer Plage.

»Du hast ja auch alles dafür getan, dass es schiefgehen musste!«

»Ach komm! ... Es war doch ohnehin ziemlicher Murks. Deine blühende Fantasie in Ehren ... aber geflügelte Pferde ... und Einhörner ... Das ist doch alles Unfug. Wie ich dir gesagt habe: Die Dinge müssen wachsen, aus sich heraus, sich entwickeln. Da muss eins zum anderen kommen. Damit auch alles stimmig ist.«

»Und wie soll das bitte funktionieren?«

»Du musst nichts weiter tun als die Voraussetzungen schaffen. Den ersten Pinselstrich tun. Und das Gemälde malt sich dann ganz von selbst. Wenn man es richtig anfängt, entwickelt sich alles von alleine, eins zum anderen. Und am Ende kommt der Mensch dabei heraus. Man müsste bloß die richtige Formel finden. Und eigentlich ...«

Nicht dass es (wie schon gesagt) in der Ewigkeit an Zeit gemangelt hätte, aber Gott ließ deutlich Zeichen der Ungeduld erkennen, auch das konnte er nicht verschleiern.

»Was, eigentlich?«

»Ich habe da nämlich so einen Verdacht ...«

»Den du mir sicherlich in Kürze mitteilen wirst.«

»Dass wir diese Formel gar nicht mehr finden müssen ... geschweige denn überhaupt suchen ... Weil du sie nämlich vielleicht schon längst gefunden hast. Nein, wahrscheinlich.«

»Ach ja? Und wie?«

»Nun ja ... irgendwie. In deinem grandiosen Schöpfungsakt war womöglich schon alles angelegt. Verstehst du: Mehr ist gar nicht nötig. Ehrlich gesagt, glaube ich, dass du bloß sehr ungeduldig warst. Anstatt mal abzuwarten. Schließlich: Wir haben doch Zeit!«

»Du meinst, ich habe in einem Handstreich ...«

»Ja. Genau das meine ich. Sieh dir das Weltall doch an. Die ganzen Prozesse, die da in Gang gekommen sind. Die Galaxien, die Sonnen, die Planeten. Wie sich alles fügt, erhitzt und abkühlt, alles seine Bahnen findet. Oder bist du da insgeheim immer noch zugange?«

»Nun, im Grunde ... wenn man's genau nimmt ... tue ich eigentlich gar nichts mehr. Tatsächlich lasse ich den Dingen, sozusagen, ihren Lauf.«

»Und mehr musst du auch gar nicht tun. Der Rest kommt von alleine.«

»Meinst du?«

»Das hast du – sozusagen – aus dem Bauch heraus geschaffen. Eine kolossale Leistung. Ein

Werk der Intuition ... der Inspiration. Das Ganze ... das alles ... ist ja nun wahrhaftig keine Kleinigkeit. Im Grunde ein schöpferischer Akt. Ich meine: ein künstlerischer. – Und jetzt hat sich's ausgeschöpft. Jetzt heißt es bloß noch warten.«

»Und wenn sich herausstellt, dass die ganze Warterei umsonst war ... gewesen sein wird?«

»Gewesen sein würde! Gewesen ist ja schließlich noch nichts. Oder jedenfalls nicht viel. Und selbst wenn ich Unrecht hätte ... was macht's? Dann kannst du – wenn es so weit ist – immer noch anders disponieren.«

Und so wartete Gott denn also. Was wirklich nicht sehr schwer war, zumal in der Relativität aller Relationen. Bis etwas geschah, verging – philosophisch betrachtet – eigentlich nicht mehr als ein Lidschlag. Es dauerte ewig – ehe man sich's versah, war es schon so weit.

19

Gott wurde nicht müde, die Menschen zu beobachten. Staunend verfolgte er ihre Bemühungen, einen Sinn in ihrem Dasein zu finden. Und dabei ihn als Leitfigur zu installieren. Aus dem bloßen Gefühl heraus, dass es ihn doch geben müsse. In der diffusen Erkenntnis, dass die Vorstellung seiner Nichtexistenz in ihrer Unerträglichkeit schon als Beweis genau dafür zu gelten hatte: dass er existierte.

Hatte er – tatsächlich unbewusst – diese Sehnsucht nach einer göttlichen Instanz in ihre Seelen gewebt? Auf dass sie seine Existenz wie eine Notwendigkeit würden annehmen müssen?

Wie sie sich mühten, ihn zu erspüren ... ihn zu definieren ... ihm nahezukommen. Sich durch die Reflexion seiner Existenz zu erhöhen. Und aus einem Gefühl der Kleinheit und Nichtigkeit heraus seine Anerkennung zu finden ... um dadurch ihren eigenen Wert zu steigern. Und bloß nicht einfach nur eine oder einer von vielen zu sein.

Grundlos auf der Welt zu sein, das war für die Menschen ganz offenbar eine unerträgliche Vorstellung.

Vorzustellen war er, Gott, für sie nur in Dimensionen der Unerreichbarkeit, Maßstab war eine unermessliche Distanz. Seine Unsichtbarkeit – als eine Art unverzichtbare Prämisse – konnte sie nicht daran hindern, sich von ihm ein Bild zu machen. Seine Unfassbarkeit war für sie kein Hindernis, ihn dennoch greifbar zu machen. Zu ihm in seiner gänzlichen Unzugänglichkeit doch Zugang zu finden, schien ihr vorrangiges Ziel zu sein.

Und ihr Mittel dazu war das Gebet.

Wahrhaftig ein denkwürdiges Instrument. Eine Art einseitige Zwiesprache. Eine Verständigung, die einer Antwort nicht bedurfte – als Kontaktaufnahme jedoch sehr wohl auf eine Reaktion zielte. Wobei einzukalkulieren war, dass diese nie erfolgte. Die mangelnde Antwort stellte dabei anscheinend kein verunsicherndes Moment dar. Wurde vielmehr ganz paradox als Beweis für die Fruchtbarkeit des Unternehmens angesehen – wie ja überhaupt die Unbeweisbarkeit göttlicher Existenz an sich in den Stand eines Beweises erhoben wurde. Was wäre ein Gott wert gewesen, der sich sichtbar machte, der erkennbar und beschreibbar war? Und sich damit auf die Ebene der Sterblichen begab – über die er sich doch in jeder Beziehung erheben musste, um den göttlichen Status überhaupt plausibel zu machen. Sooft sich die Menschen auch immer wieder aus tiefstem Herzen wünschten, Gott möge sich zeigen, ihnen »ein Zeichen geben« (und sooft sie sich in ihrem Eifer auch einbildeten, dass das wirklich geschehe), so enttäuscht wären sie gewesen, diesen Wunsch unzweifelhaft erfüllt zu sehen.

Weil es nichts anderes als eine Entzauberung bedeutet hätte. Was so groß war, so mächtig, so allumfassend, musste stumm bleiben, fern und unerreichbar, über alles erhaben. Und um über alles erhaben zu sein, musste Gott über allem stehen, zwangsläufig.

Das tat den Gebeten keinen Abbruch, im Gegenteil.

Allesamt waren diese Gebete letztlich Hilferufe, Hilfsgesuche, aus einer Not geboren, die freilich oft sehr fadenscheinig oder bloß notorisch zu nennen war. Erfunden wurde das Gebet im Zuge des Opfermechanismus. Denn mit dem Opfern war ja Erwartung verbunden – und eigentlich mit diesem Akt ja schon eine – oft flehentliche – Bitte ausgesprochen. Insofern wurde im Gebet das Erhoffen einer besonderen Gunst auf eine sprachliche Ebene überführt. Als ein regelmäßiger Dienst stellte das Beten – zumindest durch den Aufwand von Zeit und Hingabe – immerhin noch im übertragenen Sinn ein Opfer dar.

Einmal erfunden, wurde es gelehrt, von Generation zu Generation weitergegeben. Wurde in Formen gegossen. Die einen rituellen Charakter hervorkehrten und im Zuge mühlenartiger Wiederholung oft in Eintönigkeit versandeten. Nur selten machten sich die Bittsteller dabei Gedanken, ob ihr Anliegen durch bloßes Dahinleiern die Aussicht auf Erfolg schmälern mochte, indem sie das Vorgetragene zur reinen Pflichtübung verkommen ließen. Denn welcher Gott legt schon Wert auf monotone Tiraden?

Innig und aufrichtig kamen Gebete eigentlich nur in einer zwanglosen Unmittelbarkeit daher. Drauflos formuliert, von Herzen. In kindlicher Demut. Einer Art Beugung. Eingeständnis einer Ohnmacht. Das Anerkennen göttlicher Größe und somit der eigenen Nichtigkeit als Zeichen bedingungsloser Unterwerfung. Ein Strecken aller Waffen, eine Auslieferung. Gerne mit Versprechen und Versprechungen verbunden. Oder gar mit Schwüren, Gelübden. Deren wenigste je gehalten wurden.

Oft waren diese Gebete verzweifelt. Zuweilen vermessen, unverschämt, dumm. Selten vorwurfsvoll, zornig, mitunter herausfordernd. Weit häufiger unterwürfig, kriecherisch. Sehr wohl auch erfüllt von grenzenloser Liebe und Hingabe. Einer Hingabe, derer Menschen in diesem Ausmaß tatsächlich nur im Gebet fähig waren. Sich selbst erniedrigend, verzehrend.

Immer und in jedem Fall jedoch waren sie naiv. Immer die Naturgesetze ausklinkend, wie man sie doch ein Leben lang als gültig und unumgänglich erlebt hatte. Und die man jetzt eben doch in Frage stellte. Wenn es höchste Zeit wurde für Wunder. Denn wer hätte über allem, über allen Gesetzmäßigkeiten und über allen Bedingungen stehen können, wenn nicht Gott, der Allmächtige?

Das Wunder war das stille Fernziel allen Be-
tens, das Ultimo aller unvernünftigen Hoffnungen. Wenn Vernunft keine adäquate Instanz
mehr darstellte. Und ihr Gegenteil entgegen aller
Erziehung, aller Ratschläge und aller Erfahrungen zum neuen Prinzip erhoben wurde, gerade
so, wie man einem Gott abschwört, um einem
anderen zu huldigen. Letzteres hatte Gott allzu oft
beobachten müssen, zu polytheistischen Zeiten,
als es noch leichter war, eine Gottheit für ihre
Unverlässlichkeit und Unfähigkeit zu strafen, um
eine andere durch den Vorschuss an Vertrauen
dienstbar zu machen, die auf dem Jahrmarkt der
Allmächtigen vielleicht mehr zu bieten hatte.
Nach Art eines Rennpferds, durch blinde Hoffnung in den Rang eines Favoriten erhoben.

Doch längst schon suchten die Menschen den
einen universalen Gott, die unverbrüchliche Instanz, die Kraft, die alle Macht auf sich vereinigte.
Die nichts hatte von der eigenen Schwäche und
der eigenen Begrenztheit der Möglichkeiten. Die
Gewalt, die noch mächtiger war als die aller
Gegner und Feinde. Denn die Menschen, obwohl
sie nach Überwindung aller Vielgötterei nur den
einen, einzigen Gott meinten, erhoben allenthalben Anspruch auf Alleingültigkeit und gaben
ihm verschiedene Namen. In dem Glauben, ihr
Glauben sei der einzig wahre. Und nur sie seien
prädestiniert für Vergünstigungen, für Kategorien
wie Seelenheil und ewiges Leben.

Mein Gott gegen deinen Gott, hieß die Devise. Und selbst wenn es der gleiche Gott war, so wurde er doch in Gebeten vereinnahmt. Als der große Beschützer. Der große Rächer. Der große Bestrafer. Wurde angerufen von Königen und Herrschern, Heerführern und Soldaten. Wurde in Grenzen von Machtbereichen und Staaten verwiesen. Um nur die eigene Sache, die eigenen Kämpfer zu segnen. Und nichts als Vernichtung zu bringen den Feinden, den zweifellos gottlosen. Denn indem sie sich gegen die Erwählten und Begnadeten wandten, erwiesen sie sich als gottlos und unbegnadet. *Erhöre nur mein Gebet ... und missachte das der anderen.* Gottgefällig konnte nicht jeder sein. Gottgefälligkeit und Selbstgefälligkeit wurden eins.

Gott, wir preisen dich, wir dienen dir, dir allein widmen wir all unsere Hoffnungen, all unser Streben – ja, unsere Leben, das größte Opfer. Sei mit uns, sei auf unserer Seite! Und gegen alle anderen!

Als sei Gott nichts anderes als der Diener der Wohlgefälligkeit und das Dasein ein Wettstreit um die besten Plätze. Als wäre er, der Himmlische, ernsthaft zu beeindrucken durch die Dahergelaufenheit der lautesten Schreier, der geschicktesten Blender.

Wollten sie ihren Gott so kleingeistig, so engstirnig, so beschränkt? So armselig parteiisch? Nicht mehr als ein übergeordneter, machtbesessener Herrscher. Der mit Tributen und Opfergaben zu okkupieren war, mit einem stupiden Mehraufwand. Wollten sie einen Gott, der nach Gutdünken strafte und belohnte? Der die Gebete der einen erhörte und die der anderen in den Schmutz trat, auch wenn sie nicht weniger flehentlich und innig waren? Der sich blenden ließ durch die größeren und höher aufstrebenden Tempel? Durch Wortgewalten? Durch selbst gesetzte Abstufungen der Frömmigkeit?

Auf dieser Ebene mussten Gebete zu einer Art Wettbewerb verkommen, in einem Ringen um den Status der Erwähltheit, der Auserkorenheit. Als wäre ernsthaft ein Gott erstrebenswert, der auf dem Niveau operierte, eine Elite zu küren. Als sei eine bestimmte Art und ein bestimmtes Maß an Tüchtigkeit und Frömmigkeit die Freikarte zum Erreichen einer höheren Ebene, eines höheren Levels in einem Geschicklichkeitsspiel. Und das Leben nichts als ein Ringen um Positionen. Als gehe es letztlich nur darum, auf der richtigen Seite zu stehen. Und das irdische Dasein sei also nichts anderes als ein Lotteriespiel, im richtigen Teil der Welt geboren zu werden – um Vertreter der einzig wahren Religion, des einzig wahren Glaubens zu sein. Einige Kilometer weiter, auf der anderen Seite des Flusses, jenseits der Berge, an der gegenüberliegenden Küste, und das Spiel war verloren. Ein Steinwurf zu weit östlich oder westlich, und die Chance war vertan, von vorneherein und unwiederbringlich. Es sei denn, man wäre bereit zu konvertieren und somit seine Seele zu retten.

Denen da, auf der anderen Seite, blieb demnach der Zugang zur Glückseligkeit, zum wahren Glauben und zum ewigen Leben verwehrt. Die die falschen Kleider trugen, das Falsche aßen oder deren Riten Ungültigkeit hatten wie fehlgeprägte Münzen. Dieses und jenes Fleisch auf diese oder jene Art zuzubereiten, Worte an falschen Tagen und zu falschen Tageszeiten, diese oder jene Symbole, Kreis und Kreuz entschieden demnach über Erfolg oder Misserfolg des gesamten Daseins. Der eigene Glaube, eine aufgetragene Gnade, als Brandzeichen, im Geborensein am rechten Ort und zur rechten Zeit. Als wäre es nicht purer Zufall, wo und wann ein Mensch geboren wurde. Als könne der göttliche Plan allen Ernstes darin bestehen, Menschen willkürlich auf Landmassen zu verteilen, geschieden in Begnadete und von vornherein Verdammte.

Als wäre nicht ein Mensch genau so viel wert wie jeder andere.

Sprachen, Riten und Litaneien – in dieser und keiner anderen Form – als reine Qualifikation? Gebetsformeln in ihrer Ausprägung und Häufigkeit als Zugangsvoraussetzungen für eine erhöhte Daseinsberechtigung? Stellten sich die Menschen so die unermessliche Weisheit desjenigen vor, dem sie nicht weniger zuschrieben als Allmacht?

So einfältig, so eindimensional, so profan? Als läge die tägliche Aufgabe Gottes allen Ernstes darin, Gebete zu erhören und andere zu verwerfen? In dem Pflichtumfang eines Postangestellten, der Briefe sortiert?

Gott sinnierte.

Wenn sie ihre Kriege gewinnen, denken sie, ich war auf ihrer Seite. Wenn sie verlieren, denken sie, dass ich dafür meine Gründe hatte, die unerfindlich sind.

Tatsächlich kamen die wenigsten je darauf, ihn zu verfluchen. Zu groß war die Angst, die Gunst für alle Zeit zu verspielen, zu groß die Hoffnung, beim nächsten Mal begnadet zu sein. Wünsche gab es schließlich immer aufs Neue. Und in der Lotterie der göttlichen Launen konnte man doch nicht ewig auf der Verliererseite stehen.

20

Adam und Eva folgten ihrem Weg ins Unbekannte, immer in Richtung Sonnenaufgang, und bald lag Eden, der Garten, weit hinter ihnen.

Nichts war wie vorher. Sie hatten es kommen sehen, waren darauf gefasst. Dass nun auf sie zukam, was man Risiken nannte, Gefahren.

Aber die Schlange hatte stark untertrieben.

Alles war gefährlich.

Wenn sie auf ihrem Weg ins Ungewisse stürzten, verletzten sie sich, bluteten aus Schürfwunden. Allerlei Getier kreuzte ihren Weg, das es im Garten nicht gegeben hatte – oder das dort jedenfalls nicht gefährlich gewesen war. Stiche und Bisse von Insekten und Spinnen waren eine ganz neue – und sehr schmerzhafte – Erfahrung. Auch Schlangen waren keineswegs so friedlich und mitteilsam, wie man aufgrund bisheriger Beobachtung hätte glauben mögen. Und sie mussten erst lernen, dass nicht alle Früchte essbar waren.

So ernüchternd waren die Erfahrungen der ersten Tage, dass sie ihre Flucht zuweilen unwillkürlich bereuten. Adam krümmte sich nach dem Genuss grüner Strauchbeeren eine ganze Nacht lang und brachte das Gegessene qualvoll wieder zutage. Das, wie auch alle anderen Erfahrungen, führte zu Einsichten. Wie die, dass ihm das Erbrechen vermutlich das Leben gerettet hatte. Oder die, dass man hübsch die Hände von allen Früchten ließ, die auch von Tieren nicht angerührt wurden.

Dazu waren Beobachtungen nötig. Die etwas eigentlich Unfassbares lehrten: dass Tiere einander fraßen, dass also der Genuss von Fleisch eine Option darstellen musste. Zwar war die Hürde, die es dabei zu überwinden galt, groß, doch war es letztendlich bloß eine Frage des Hungers. Schon die ersten Tage in Freiheit bedeuteten in dieser Hinsicht eine harte Probe. Es ließen sich kaum essbare Früchte finden, und die Aussicht schlichtweg zu verhungern war nun wirklich keine verlockende.

Sollten sie also – allen Ernstes – Fische fangen wie die Otter, wie die Bären am Fluss? Die sie wohlweislich nur aus respektabler Distanz beobachteten.

Es dauerte nicht lange, da wurden auch sie Fischer, aus reiner Notwendigkeit. Adam, dessen Gesicht nun schnell ein aufkeimender Bart zierte, übte sich darin, um des puren Überlebens willen. In allem, was sie taten, beinahe mit jedem Schritt, lernten sie. So auch, dass Fische sich im Wasser nicht genau dort befanden, wo man sie sah. Das Leben war offenbar voller Tücken.

Nicht dass es Adam leicht gefallen wäre, doch machte das Töten Eva viel mehr aus als ihm. Es war eine schockierende Erfahrung. Und eigentlich gewöhnte sie sich nie daran. Jedes Mal aufs Neue taten ihr die Fische leid. Ob sie wohl, wie die Menschen, in den Himmel kamen? Womöglich in ihren eigenen?

Eva stellte sich einen Fischhimmel vor. Ein tröstlicher Gedanke.

Das war so eine Überzeugung, die sie mit der Zeit entwickelten: dass es nach dem Sterben doch irgendwohin gehen müsse, dass doch unmöglich alles so einfach aufhören könne, für immer.

Auch das lernten sie: dass es in den Flusstälern und umso mehr an den Flüssen selbst fruchtbarer war als in den Hügeln. Allerdings auch gefährlicher, weil sich dort große Tiere einfanden, allein schon um der Wasserversorgung willen. Und die Flüsse konnten über die Ufer treten und alles mit sich reißen. Es galt also einen Platz zu finden, der in Wassernähe und doch ein wenig abseits lag.

Sie zogen lange dahin, führten ein Nomadendasein. Bis sie den gewünschten Ort gefunden hatten. Einen Ort, an dem sie sich niederlassen konnten, wo Gras wuchs und Bäume, ein Areal, umgeben von einem Bachlauf und dichtem Dorngestrüpp, und somit ein wenig geschützt. Der fruchtbare Boden konnte ihnen von Nutzen sein und bot Gelegenheit, dort etwas zu pflanzen. Aus einem Geflecht aus Zweigen, einem Schutzdach, zunächst nicht mehr als ein Unterschlupf, wurde mit der Zeit eine Hütte, dann ein Haus.

Ein Haus, in dem sie sich einrichteten, das ihnen Schutz bot vor der Witterung, vor wilden Tieren. Wo Eva ihre Kinder gebar, eins ums andere. Einen Sohn, einen weiteren, dann Töchter. Die sie aufwachsen sahen, mehr oder weniger. Es schien für das Leben keine Gewähr zu geben.

So blieb der Schmerz also ihr Begleiter, in so vielen Facetten und in immer neuer Gestalt.

21

Gott betrachtete weiterhin das Treiben der Menschen. Und machte sich so seine Gedanken. Zum Beispiel um diesen Mechanismus eines Unbewusstseins. Es musste etwas dran sein, schließlich hatte er Adam und Eva in einer Form erschaffen, die sich exakt mit derjenigen deckte, die dann die – von ihm in Gang gesetzte – Evolution hervorgebracht hatte. Hatte er diese unbewusst gelenkt, auf ein passendes Ergebnis hin? Oder hatte er die ersten Menschen unbewusst – und also doch insgeheim wissend – auf die einzige Art erschaffen, die einen Sinn ergab?

Was die Tiere des Paradieses übrigens nicht weniger betraf. Wenn man davon absah, dass er mit den Einhörnern vielleicht ein wenig übers Ziel hinausgeschossen war. Die bei der Überlieferung im Weiteren interessanterweise nie ganz in Vergessenheit gerieten.

Diese Überlieferungen und Legenden ... Erstaunlich, wie sie seinetwegen über Jahrtausende hin ins Mythenhafte fortgesponnen wurden, vom Mündlichen ins Schriftliche.

Große Taten sollte er angeblich vollbracht haben. Die Welt erschaffen, das verstand sich. Auch die Tiere, den Menschen. Dass dies einer Gottheit zugeschrieben wurde, musste nicht verwundern. Weiterhin sollte er noch Sintfluten und große Plagen heraufbeschworen, außerdem Gebote erlassen haben und verschiedentlich, unter anderem in brennenden Dornbüschen, in Erscheinung getreten sein.

Dass das mit dem Dornbusch ein perfider Trick war und sich da jemand einen üblen Scherz erlaubt hatte, hätte sich eigentlich auch ein Narr erklären können. Schließlich gab es für eine vorgeschobene Präsenz keine bessere Deckung als Feuer und Rauch.

Aber die Menschen waren halt leichtgläubig.

Während vieles blanker Unfug war, waren die Schilderungen des Schöpfungsakts in seinen Anfängen doch verblüffend. Besonders was die Erschaffung der ersten Menschen betraf.

»Wirklich erstaunlich ...«, murmelte er gedankenverloren vor sich hin. Ein Fehler, wie er sofort erkannte.

»Was liest du denn da? ... Lass mal sehen ... Heilige Bücher, was? Nicht so meine Sache, aus Büchern mach ich mir nichts.«

Was Gott nicht erstaunte.

»Und was ist so erstaunlich?«

»Na ja, die Geschichte mit Adam und Eva ... Ich meine: Wie haben die Menschen davon überhaupt Wind bekommen? Findest du das nicht merkwürdig?«

»Dass sie in der Überlieferung der Menschheit eine nicht unbedeutende Rolle spielen? Ja, das ist schon seltsam ...«

»Du hast doch nicht rein zufällig etwas durchsickern lassen?«

»Ich?«

Der damit einhergehende Unschuldsblick war, wie stets, nicht allzu viel wert. Und Gott gab noch weniger auf die nachgeschobene Erklärung.

»Eigentlich liegt es doch auf der Hand. In auffallend vielen irdischen Legenden ist von einer Schöpfung des Menschen die Rede, Mann und Frau. Als Motiv scheint das so etwas wie ein Allgemeingut zu sein. Anders konnte man es sich einfach nicht vorstellen ... Andererseits, die Namensgleichheit ... Eine äußerst seltsame Übereinstimmung ...«

»Sag ich ja«, sagte Gott.

»Da wir schon dabei sind: Was soll jetzt eigentlich aus Adam und Eva werden ... vielmehr: geworden sein? Hast du dir da irgendwas vorgestellt?«

»Wie meinst du das? Soll denn aus ihnen was werden?«

Der Teufel ließ ein der Nachdenklichkeit geschuldetes Brummen vernehmen.

»Die Tatsache, dass die Bücher von ihnen berichten, kann nur bedeuten, dass man von ihnen weiß ... ich meine: ihre Geschichte gehört hat. Und wenn nicht von mir und nicht von dir, dann ja wohl von ihnen selbst.«

»Ach ja? Und wie soll das gehen? Adam und Eva waren bloß ein erster Versuch. Die Menschheit ist danach neu entstanden. Wie soll also irgendjemand von den beiden gewusst haben?«

»Dies ist ein Problem, das nur du selbst lösen kannst. Zum Beispiel, indem du die Dinge ein wenig … synchronisierst. Zeit ist schließlich relativ … wie letztlich alles. Du müsstest ganz einfach dafür sorgen, dass Adam und Eva sich unter die frühen Menschen mischen … und sozusagen mitmischen. Oder willst du, dass sie ihren mutigen Weg aus dem Garten Eden umsonst angetreten haben? Ich meine, mutig war es doch, das musst du zugeben.“

„Oh ja, alles was wahr ist!“

Der Teufel kniff die Augen zusammen. „Höre ich da so was wie … Stolz? Na komm, gib's zu, die zwei liegen dir am Herzen!“

„Och …“

Er wurde den Verdacht nicht los, dass da jemand ein wenig die Hand über die beiden hielt. Und dass es mit dem großen Zorn gar nicht so weit her war. In der Tat ein sehr väterliches Verhalten.

„Dann könntest du sie doch einfach unter ihresgleichen versetzen. Immerhin … du hättest die Macht dazu. Dann würde auch alles einen Sinn ergeben. Sie und ihre Nachkommen könnten auf andere Menschen treffen, und wer immer mal darüber liest, brauchte sich nicht zu wundern. Zum Beispiel darüber, warum die Menschheit nicht – wie es unweigerlich hätte kommen müssen – im Ansatz im Inzest versackt ist. Also setz das Ganze doch einfach zusammen! Damit sich alles fügt.«

Gottes Blick ging eine Weile sinnend ins Leere. Was heißt: irgendwohin.

»Na ja, ich denke, das wird kein Problem sein«, sagte er dann.

»Also, worauf wartest du?«

Gott seufzte. Dann machte er eine Handbewegung, nur um des Effektes willen.

»Es wird geschehen!«, sagte er theatralisch.

Woraufhin der Teufel bloß grinste. Denn natürlich war das schon längst geschehen. Ging ja auch gar nicht anders. Aber manchmal musste man jemanden einfach dazu bringen, zu tun, was er in Wahrheit längst getan hatte.

22

Überall auf der Welt, im Ablauf der Jahrtausende, wurde in seinem – Gottes – Namen gepredigt. Allerlei angebliche Religionsstifter und Propheten traten da auf den Plan. Gott begab sich auf ihre Spuren, folgte ihren Wegen, studierte ihre Taten und hörte sich ihre Reden an.

Die meisten sprachen wirr, offensichtlich bloß aus dem Wunsch heraus, zur Göttlichkeit einen Zugang zu finden, gefunden zu haben. Manche schienen wahrhaftig von irgendetwas beseelt, von Erkenntnissen und Visionen angetrieben, die zuweilen aber bloß durch Zuführung pflanzlicher Extrakte erklärbar war, welche einen bewusstseinserweiternden (oder vielmehr -verwirrenden) Effekt zeitigten. Und andere redeten so überzeugend, dass man ihnen gerne – ach, so gerne – glauben mochte.

Einer von ihnen aber erweckte sein besonderes Interesse. Ein Mann aus Galiläa. Den man Jesus von Nazareth nannte. Sohn eines Baumeisters und einer Frau namens Maria mit wunderschönen schwarzen Augen, einer begnadeten Sängerin mit glockenheller Stimme.

Nazareth war nur ein kleiner Ort am Rande des Nirgendwo, an der Straße, die nach Norden hinaus in die Wüste führte, letzte Station der Handelsreisenden, die mit ihren Karawanen in den Libanon und nach Syrien zogen. Enge Gassen mit dichtgedrängten Häusern fransten sich aus zu immer lückenhafter bebauten Straßen und Wegen, annähernd halbmondförmig, als hätte jemand die Gebäude mit riesiger Hand verstreut.

Jener Prophet war ein Mann, der sich schon als Kind manchmal zurückzog und gern für sich blieb. Um seinen Betrachtungen nachzugehen.

»Wo ist Jesus?«

Niemand wusste Genaues, wie so oft.

»Geht und sucht ihn!«

Die Brüder fanden ihn, abseits, in Gedanken versunken. Er saß da und betrachtete den Flug der Vögel am Himmel. Das Fließen des Wassers. Die Waschfrauen am Brunnen. Den Mond, halb hinter Wolkenschleiern.

Er ist ein Sonderling, sagten die Schwestern.

Er tanzt aus der Reihe, sagte der Vater. Mit ihm werden wir es schwer haben.

Er ist ein besonderes Kind, dachte die Mutter, und ich liebe ihn wie keinen.

Jesus wuchs heran und lernte zu arbeiten, wie seine Brüder auch. Aber anders als diese war er oft still. Dann auf einmal wieder gesprächig, versuchte sie in Erörterungen zu verwickeln. Denen sie nicht folgen mochten. Und es oft auch nicht konnten. Er vertrieb sich die freie Zeit nicht mit Faulenzen oder albernen Spielen, sondern suchte die Nähe der Gelehrten, lernte Lesen und Schreiben und Worte gebrauchen wie sie. Er war erst zwölf und saß mit den Ältesten im Tempel, in ernste und zuweilen hitzige Debatten vertieft. Und sie sprachen mit ihm wie mit ihresgleichen.

Schön, dass er klug ist, sagte Josef, sein Vater. Es macht mich stolz ... und heimlich froh. Aber was soll aus ihm werden? Wie will er jemals sein Leben bestreiten und sein tägliches Brot verdienen? Rabbi zu werden, das ist kein Ziel für einen Mann ...

Denn so ging die Rede, wie stets und überall und zu jeder Zeit im Stillen über diejenigen, denen man doch augenscheinlich so viel Ehrerbietung entgegenbrachte.

Was anderes hätte er auch werden können als Rabbi? So klug, wie er daherredete. So oft, wie er seine Nase in Schriften und Bücher steckte.

Jesus litt darunter, dass er seinem Vater nicht der Sohn sein konnte, den dieser sich wünschte. Doch hatte er ja Brüder, die dem Ideal eines verdienten Baumeisters – mehr oder weniger – entsprachen. Er liebte seinen Vater, auf seine Art. Und wusste, dass auch sein Vater ihn – auf seine Art – liebte. Doch konnte er nichts daran ändern, dass sie in verschiedenen Welten lebten.

Jesus betrachtete das Leben und die Menschen zu genau. Zu genau, um einfach zu Tagesordnungen überzugehen und allem seinen Lauf zu lassen. Die Menschen sprachen von Gott, seinen Geboten und Gesetzen, seiner Allmacht und Größe. Und malten ihn doch nur als väterlich-strafende Figur, benutzten ihn als

Vorwand für ihre eigenen Überzeugungen, die oft nicht mehr waren als Zeugnisse einer erstarrten Tradition und verknöcherter, längst überkommener Riten, die einst für lange zurückliegende Generationen von Bedeutung gewesen sein mochten. Ihr Götze war der Mammon, dem alles Irdische unterworfen war, und alles Dasein schien nichts anderes zu sein als Broterwerb und Geschäftemacherei, die Genügsamkeit eine irrelevante Kategorie. Nie genug bekamen die, die schon reich waren, reicher als viele andere. Nie genug konnte man denen wegnehmen, die ohnehin schon wenig hatten. War das Gottes Wille?

»Wenn Gottes Auftrag die Genügsamkeit wäre – warum gab er uns Menschen dann die Strebsamkeit und den Fleiß?«

»Damit ihr lernt, sie zu mäßigen und dennoch genügsam zu sein – so wie ihr immer lernen müsst, die eigenen Schwächen zu überwinden. Die Strebsamkeit ist von Gott gegeben, in sein Reich zu kommen, und nicht um euch auf Erden zu bereichern.«

»Das sind schöne Worte, Sohn des Josef, mit dem beredten Namen – der dir gegeben ward wie ein Orakel ...«, denn Jesus bedeutete *Gott ist das Heil.* »... aber die Zeit auf Erden ist uns wohl kaum gegeben, um in Trägheit und Genügsamkeit allein auf die Gunst des ewigen Heils zu hoffen.«

»Erhoffen allein ist zu wenig. Ihr müsst euch das Heil verdienen.«

»Und ist nicht verdienen genau der Prozess, der zum Ertrag und zum Gewinn führt, der ein Streben voraussetzt?«

»Das Streben nach Besitz wird euch am Ende nichts einbringen. Ein jeder wird das bekommen, was er verdient. Doch nicht menschlichem Ermessen ist es gegeben, das zu erkennen.«

Und in solchen Rätseln sprach der Mann aus Galiläa oft, auf eine Art, dass es darauf nicht mehr viel zu erwidern gab.

Man begann Jesus in seiner Umgebung, in sich immer weiter ziehenden Kreisen, langsam zu schätzen, zu bewundern, aber noch häufiger zu fürchten und zu neiden.

Man muss ihm die Grenzen aufzeigen, hieß es. Für wen hält er sich?

»Für wen hältst du dich eigentlich?«

»Ich halte mich für denjenigen, der erkoren ist, die Dinge zu sehen, wie sie sind – und den Menschen die Wahrheit zu verkünden. Über ihre Begrenztheit, ihre Schwäche, ihre Unvernunft. Ihr Unvermögen zu erkennen, was der Wille Gottes ist.«

»Ach ja? Und was ist der Wille Gottes?«

»Den Menschen das Heil und die Erlösung zu bringen. Und ich werde sein Vermittler sein.«

Er lästert Gott, sagten die Gelehrten. Er versündigt sich. Wir müssen dem ein Ende machen. Und waren also bemüht, das Volk gegen ihn aufzuwiegeln.

Spät, zu nächtlicher Stunde, da normalerweise alles schlief, standen die Menschen mit Fackeln vor des Baumeisters Josef Haus. Und mit Steinen. Denn Steine sind seit jeher, bis in alle Anfänge des Menschseins die Waffen derjenigen, die glauben ach so gerecht zu sein. Und die Menge stimmte immer lauter Rufe an, den unseligen Prediger, den Blender und Frevler auszuliefern, begann damit, Steine zu werfen, und schon flogen auch die ersten Fackeln, in dem Bestreben, die Heimstatt in Schutt und Asche zu legen, ungeachtet der Gefahr für alle angrenzenden und umstehenden Häuser.

Da trat als erste Maria, die Mutter aus dem Haus, und stellte sich der Meute entgegen. Schweigend trat sie vor sie hin.

»Wir sind gekommen, deinen Sohn zu holen!«, schrie ihr jemand entgegen, gestalt- und namenlos im grellen Schein der Fackeln, wo es sich immer am besten und lautesten schreit. »Er ist ein Aufrührer und Gotteslästerer!«

»So holt ihn denn«, sagte Maria. »Aber zuerst werdet ihr mich holen müssen!«

Da traten die Brüder Jesu an ihre Seite, einer nach dem anderen, und sogar die Schwestern. Und schließlich Josef, der Vater, der sich seiner Frau voranstellte.

»Und mit mir«, rief er, »kriegt ihr es zuallererst zu tun. Ihr werdet uns alle holen müssen. Und Gott wird dafür unser Zeuge sein!«

Da mahnte einer aus der Menge, in die diesen Worten folgende dräuende Stille hinein, die anderen zur Vernunft. Die darauf nur gewartet zu haben schienen wie auf ein Signal. Bloß mitgerissen und in einen Rausch des Herdentriebs geraten, kamen sie ebenso rasch zur Besinnung, wie sie sich ereifert hatten. Denn keiner wollte der Erste sein. Scham machte sich plötzlich breit und ein jeder duckte den Kopf zwischen die Schultern.

Wie ein Spuk war das Ganze im Nu vorbei, alles lag in vollständiger Dunkelheit.

Jesus aber, den seine Brüder – unter Einsatz einiger Kraft – gehindert hatten, sich selbst zuvorderst zu begeben und sich der Menge auszuliefern, beschloss daraufhin, sein Elternhaus zu verlassen und sich fortan seiner inneren Bestimmung zu ergeben. Er wollte den Menschen predigen und sie auf den rechten Weg führen. Und sich ausliefern, seinem weiteren Schicksal.

So zog er denn über Land, nach Art der Bettler, doch scheute die Almosen und bot, so oft sich diese Gelegenheit ergab, seine Dienste an beim Hausbau und bei Reparaturen, wie er es von seinem Vater gelernt hatte.

»Wir haben schon von dir gehört«, sagten die Leute manches Mal. Und ihre Gesichter ließen wenig Freundlichkeit erkennen.

Doch wenn er sprach und auf sie einredete, dann geschah etwas, was sich niemand erklären konnte. Da war etwas in seiner Stimme, seiner

Art zu reden, das die Menschen zum Zuhören brachte und sie anrührte.

»Wir haben schon von dir gehört«, sagten die Leute auch weiterhin, doch wurden ihre Gesichter freundlicher und ließen Neugier erkennen.

So eilte sein Ruf ihm also voraus.

Jesus sprach, vor immer größer werdenden Mengen von Zuhörern, und seine Botschaft war die der Barmherzigkeit, des Zusammenhalts, handelte von Respekt und dem Willen zur Friedfertigkeit, von der Liebe zu den Menschen bis hin zur Liebe selbst der Feinde.

»Wenn mich einer schlägt, soll ich die andere Wange auch noch hinhalten? Das ist doch wohl nicht dein Ernst!«

»Nun, schlage ich dir etwa ins Gesicht dafür, dass du meine Rede störst mit deinem unflätigen Geschrei? Daran kannst du sehen, wie friedfertig ich bin!«

So sorgten seine Reden zuweilen für Gelächter, viel mehr jedoch für Staunen und andächtige Stille.

»Wer auf Erden soll es tun, wenn du es nicht bist, du, der den ersten Schritt macht? Zur Versöhnung, zur Verständigung, zur Vergeltung des Schlechten mit Güte. Weil du ihn tun kannst, bist du auserkoren, ihn zu tun. Du kannst die Hand ausstrecken, dann tue es! Man wird von dir sagen, dass du derjenige warst, der den ersten Schritt getan hat. Und du wirst gesegnet sein!«

So führte der Prediger die Menschen zu seinen eigenen Erkenntnissen. Doch sprach er auch oft über das, was bereits geschrieben stand.

»*Auge um Auge, Zahn um Zahn*, sagen die Schriften. Doch ihr habt es nie verstanden. Das ist keine Aufforderung zur Zügellosigkeit, sondern zur Mäßigung. Tu einem anderen nur an, was er dir selber getan, nicht mehr. Übe keine maßlose Rache. *Ein* Auge um *ein* Auge, *einen* Zahn um *einen* Zahn, das soll es bedeuten. Und ich sage: Noch besser ist es, zu verzeihen. Weil keine Rache die Dinge ungeschehen machen kann. Und Gewalt nichts sät als immer neue Gewalt.«

An den Ufern des Jordans ließ er sich taufen von einem anderen Prediger namens Johannes, der selbst eine Zahl von Anhängern um sich geschart hatte, denen er als Verkünder und Erlöser galt. Doch als Johannes dem Mann aus Nazareth begegnete, erkannte er, dass niemand anderer als dieser dazu berufen war, die Menschen zum Heil zu führen.

So scharten sich nach und nach Getreue um ihn, die bereit waren, ihm zu folgen und ihm zu helfen, seine Lehre zu verbreiten. Es waren Männer, die man seine Jünger nannte. Männer, die ihn hatten reden hören, zu denen die Kunde von seinen Predigten gelangt war. Männer, die eine Berufung in sich spürten, ihr Leben und ihr Schicksal fortan in seine Hände zu begeben. Es waren zum Teil vom Leben Enttäuschte, die ihrem bisherigen Dasein entsagen wollten, darunter leicht zu Verführende, die prädestiniert waren, einem Idol zu folgen, und sei es auch ein beliebiges. So waren sie ihm auf Dauer mehr oder weniger treu. Doch sorgten sie fortan für das Wohl des Verkünders, auf dass dieser sich ganz seiner Mission hingeben konnte.

Und nicht wenige Frauen begaben sich nach Gehör seiner Worte in die Fußstapfen des Propheten, verließen Eltern und Gatten und ihr elendes Leben, um einem besseren Stern zu folgen. Mitunter auch bloß aus Liebe zu demjenigen, den sie hatten reden hören und dessen Glut der dunklen Augen sie verzaubert hatte. Sodass sie nichts sehnlicher erträumten, als in seinen Armen zu liegen und des Nachts an seiner Seite.

Jesus aber entrückte immer mehr allem Irdischen und begab sich in andere Sphären, wo Erkenntnisse zu immer weiteren Erkenntnissen führten und der Glaube zur Erleuchtung, in Erforschung und Deutung einer inneren Bestimmung, die darauf wartete, selbst bestimmt und definiert zu werden. Und alle Wege des Denkens führten allein zu Gott.

Nicht, dass er makellos gewesen und niemals Versuchungen anheimgefallen wäre. Er war jähzornig. Kam allzu bereitwillig auf den Geschmack des Weines. Fand gar Gefallen am Würfelspiel, allein um der Schicksalhaftigkeit willen, die es symbolisierte, das Ausgeliefertsein an die Willkür, den puren Zufall. Die Augen der Würfel in ihrer Sinnbildlichkeit für ein unzureichend zu steuerndes, nur bis zu einem gewissen Grad in Schranken zu weisendes Chaos hatten eine seltsame Magie.

Und da waren die Frauen, die ihm folgten und an seinen Lippen hingen. Während die ihren sich schon ganz in Hingabe verzehrten um einen einzigen Kuss.

Doch es blieb nie bei dem einen.

Ach, diese Versuchungen ... Ihnen galt es zu entsagen. Und sich ganz oder gar nicht einer Berufung zu fügen.

Ich bin nicht würdig, dachte Jesus, in all meinen irdischen Neigungen und Verhaftungen. Ich muss wachsen, über das alles hinaus, über mich selbst hinaus, wenn ich zum Höchsten kommen will.

Deshalb begab sich Jesus in die Öde der Wüste, um abseits alles Alltäglichen und aller Versuchungen ganz sich selbst zu finden in der Askese, der vollendeten Form der Genügsamkeit. Vierzig Tage lang harrte er aus in dieser Welt aus Fels und Geröll, in der sich kaum ein Busch, kaum ein Halm erhob und sich schwerlich etwas regte außer Eidechsen und Schlangen und dem niedersten Getier. Hungernd und dürstend, von Mücken zerstochen, gepeinigt von Spinnenbissen und dem Schmerz seiner blutigen Füße, verbrachte er seine Zeit mit nichts anderem als dem Gebet, der Suche nach Gott. Er erglühte in der Hitze des Tages und erzitterte in der Kälte der Nacht. Und trotz allen Schmerzes, trotz aller Leiden fühlte er, wie er nach und nach allem entglitt und sich wie in einem Erlebnis des Fliegens von allem entfernte. Dann aber auch wieder niedergerissen wurde und ganz im Irdischen, Fassbaren aufzugehen schien.

Schreckliche Versuchungen quälten ihn. Stimmen waren es, die sich ihm näherten, ihm zuflüsterten.

»Was tust du hier?«, fragten diese Stimmen. »Was quälst du dich? Wurdest du dazu geboren, solche Qualen zu erleiden? Hast du deshalb den Schoß deiner Mutter verlassen, bloß damit du stirbst, weit vor der Zeit, um ihr Kummer zu bereiten?

Geh zurück zu den Männern und Frauen, die auf dich warten und ohne dich führerlos sind. Kehre zurück in ihren Kreis, labe dich am Wein und den guten Speisen, die sie dir bringen. Geh zurück zu deiner Schönen mit der Narbe am Kinn – die schon im Begriff steht, dir ein Kind zu gebären. Du kannst Ehemann sein, Vater und Freund, Ernährer und Führer. Kann ein Einzelner alles Leid der Welt auf seinen Schultern tragen? Warum belastest du, ausgerechnet du dich mit diesem Leid? Wo du alles Gute haben kannst, wenn du nur die Hand danach ausstreckst.«

Verführerisch klangen diese Stimmen. Sie drangen bis ins Mark und verfolgten ihn in seinen Träumen, die er von der Wirklichkeit nicht mehr scheiden konnte.

In diesen Träumen sah er sich am Herd eines Hauses, mit eigenen Händen erbaut, an der Seite seiner Frau und inmitten seiner Kinder, denen er beibrachte, sich die Schuhe zu schnüren. Er sah sich wandernd in fernen, noch unentdeckten Ländern. Sah sich als Gelehrten, wie er seinen Schülern den Segen erteilte.

»Geh heim zu deinen Eltern, deinen Brüdern und Schwestern«, sagten die Stimmen, in einem neuen Anlauf, ihn zu quälen. Und fuhren dabei stärkere Geschütze auf. »Heim zum Vater, der krank liegt und schon bald im Sterben. Willst du ihm nicht zur Seite stehen, ihm die letzte Ehre erweisen? Höre, wie deine Mutter nach dir ruft!«

Und tatsächlich hörte er auch ihre Stimme. Und sein Herz verkrampfte sich und lag in seiner Brust wie ein Stein.

Diese Versuchungen vergingen, so nahe er auch oft daran war, diesen Stimmen zu glauben und ihnen zu folgen. Einmal hatte er die Wüste schon beinahe verlassen, unter allerlei Selbstbeschwichtigungen, die es Menschen so leicht fällt zu erfinden. Und mit denen letztlich alles zu rechtfertigen ist.

Doch da war noch eine weitere Stimme, zusätzlich zu denen, die ihn des Nachts so quälten. Sie war beständiger und eindringlicher als die anderen und kam aus ihm selbst.

Es braucht einen, der es tut, sagte diese Stimme. Einen, der alle Hoffnungen erfüllt. Einen, der sein Leben hingibt, um alle ihre Leiden ertragen zu lassen. Einer, der diesen Weg zu Ende geht.

Denn wenn du einmal auf diesem Weg bist, ist die Umkehr fürchterlich. Und kostet dich deine Seele.

Du bist schon so weit gekommen. Nun steh auf und gehe!

Und so ging Jesus weiter. So lange, bis die Stimmen verstummten. Bis ihm aufging, dass alles, letztlich alles eitel und nichtig war, alles verzichtbar, und er begriff, dass es unter allen Menschen die wenigen geben musste, die sich über alles erhoben und zu einer höheren Form des Daseins gelangten. Und dass der Weg, dorthin zu gelangen, über Leiden und Hingabe führte, absolute Hingabe. Es gab keinen Weg als den, sich aufzuopfern.

Nur Sterben konnte zum Leben führen. Er war bei der Erkenntnis der Paradoxie allen Daseins angelangt.

Später rankten sich viele Legenden um denjenigen, in dem man nichts weniger zu sehen bereit war als den Erlöser und Messias. Wasser sollte er in Wein verwandelt, Kranke geheilt, Tote zum Leben erweckt haben, übers Wasser gegangen sein. Nichts davon entsprach der Wahrheit, aber so ist es immer mit großen Männern, von deren Wirken noch Generationen in Berichten und schriftlichen Zeugnissen künden. Nie will man sie für endgültig tot erklären, nie in einem Status purer Sterblichkeit belassen. Immer will ihr Dasein verklärt sein, mehr oder minder, und stets werden ihnen göttergleiche, gottähnliche Attribute zuerkannt, wird ihr Leben im Nachhinein einer Sphäre des profan Allgemeinen entrissen.

Gott betrachtete, wie dieser Mann aus Galiläa seinen Weg ging, wie ihm gehuldigt und wie er dann verraten wurde. Wie er, die Dornenkrone auf dem Haupt, unter der Last der Insignien seines Opfertodes, den langen Marsch zur Richtungsstätte unternahm. Ganz genau so, wie es in den Büchern stand. Nur vermeintlich war dieser Marsch ihm auferlegt, dieser Gang erzwungen. In Wahrheit war es etwas, was er aus eigenen Stücken tat, eine Etappe seines Weges.

Gott sah ihn dort, wie er gemartert, ans Kreuz geschlagen, unendliche Qualen ausstand, langsam verblutend.

»Und ... willst du ihn nicht retten? Das könntest du doch ... nehme ich an.«

Gott brauchte sich nicht umzuwenden – oder so was – um zu wissen, wer da sprach.

»Und wenn?«, sagte er. »Was würde das nützen? Einen göttlichen Akt der Willkür gibt es nur in der Vorstellung der Menschen ... die in ihrem Denken zur Dramaturgie neigen, dafür können sie nichts.«

»Aber willst du nicht eingreifen, nur dieses eine Mal!«

»Warum dieses Mal, nur dieses? Dann müsste ich jedem Gebet entsprechen, jederzeit, auch den sich widersprechenden. Müsste alle Not lindern, aller Leben bewahren. Und dieser hier bittet nicht einmal um sein Leben. Ganz im Gegenteil. Würde ich ihn retten, würde ich auch seinen Plan vereiteln, seine Bestimmung – die einer tiefen Überzeugung entspringt.«

»Er ist ein armer Irrer. Der zu viel denkt und zu viel weiß. Der an eine höhere Bestimmung glaubt und inneren Stimmen gehorcht. Von denen er schon viele gehört hat.«

»Für die du nicht zufällig zum Teil verantwortlich warst?«

Der Teufel zuckte mit den Schultern. »Bei dergleichen Vorgängen werde immer ich es gewesen sein. Oder du. Göttliche Eingebung. Einflüsterungen des Teufels ... Es ist doch immer das Gleiche. Deine Stimmen klingen süß und hold, meine sind ein hinterlistiges Flüstern. Wie war das mit dem menschlichen Hang zum Dramatisieren?«

Gott ließ eine Art Grummeln vernehmen. »Wenn ich ihn rettete, was würde dann aus ihm werden? Wohin sollte er gehen, wenn er nicht das erreicht hätte, was er für seine Mission hielt? Sein Leben wäre leer, ohne Sinn. Er wäre gescheitert, in seinen eigenen Augen. Kannst du ihn dir vorstellen, weiter predigend, immer weiter auf der Suche nach einer logischen Konsequenz? Würde man ihm dann noch die Wunder zuschreiben, die er angeblich gewirkt hat? Wäre er dann noch der große Erlöser? Vermutlich wäre er nach einiger Zeit nicht mehr als ein Scharlatan, nicht besser oder bedeutender als all die anderen wandernden Propheten, die irgendwann reumütig ins Leben zurückkehren oder einsam enden. Um ewig zu leben, musst du beizeiten sterben. Das ist nun einmal so.«

»Sicher. Aber ich weiß nicht, was schlimmer ist. ... Ob du es glaubst oder nicht, er tut mir leid. Er nimmt viel auf sich – für nichts. Nichts wird sich ändern, alles wird weiter seinen Gang nehmen.«

»Man wird an ihn glauben.«

»Und ihn verklären. Ihn selbst zum Götzen machen. Menschen werden sich einbilden, dass er sie besonders liebt. Und andere also nicht so sehr. Kommt dir das Muster bekannt vor? Schöner Heiland ... auch nicht besser als ein Vater, der manche seiner Kinder verhätschelt ... und andere schlägt.«

Aber Gott hörte nicht mehr recht zu. Er war ganz versunken in die Betrachtung desjenigen, der da am Kreuz hing. Und der nun endlich tot war. Nur der Wind spielte noch in seinem langen dunklen Haar.

Nein, dachte er. Dieser Mann war nicht mein Sohn.

Aber ich wünschte, er wäre es gewesen.

23

Es geschieht am Morgen eines strahlenden Tages, der Himmel hat ein besonderes Blau, seltsam tief. Nichts trübt ihn, keine Wolke, und schon gar nicht die Kondensstreifen einer fernen Zukunft.

Es scheint ein ganz gewöhnlicher Tag zu sein. Nichts deutet darauf hin, dass er sich von anderen unterscheiden wird, so sehr.

Doch was sich ereignet, ist lange vorgezeichnet.

Neidisch beäugt der eine Bruder den anderen, schon sein ganzes Leben lang. Den jüngeren, kleineren, der nach ihm gekommen ist – und doch eine so bevorzugte Rolle spielt.

Er, dieser Jüngere, steht in besonderer Gunst, ihm wird alles verziehen. Immer ruhen die Augen wohlwollend auf ihm, egal was er auch tut. Stets weckt er Wohlgefallen, und was er anfängt, findet Beifall. Ihr Vater betrachtet ihn voller Zuneigung, wendet sich ihm zu, nimmt ihn in Schutz.

Aber er selbst, der Ältere, kann ihm nichts recht machen. Er, der Erstgeborene, der also auch an erster Stelle stehen sollte. Wie er es wohl verlangen könnte.

Ist es, weil er so anders ist, seiner Mutter so sehr gleicht? Weil er den Herrn, diesen Gott, nicht genügend fürchtet? Diesen angeblich Opfer fordernden Gott. Wenn er dieser Opfergaben tatsächlich bedurfte, war er dann überhaupt mehr als ein gefräßiger Götze?

Doch er hat ihm Opfer gebracht, so wie man es von ihm erwartet. Obwohl er nicht glaubt, dass ein wahrer, wahrhaftiger Gott auf dergleichen ernsthaft Wert legen könnte. Doch er hat es getan, um ihm, seinem Vater, zu gefallen. Alles hat er getan, um seinem Vater zu gefallen. Hat gepflügt und gesät und die Ernte eingebracht. Und für aller Wohl gesorgt. Hat sich abgeplagt, jahraus, jahrein, keine Mühen gescheut und nichts in seinem Leben höhergestellt als allein die Arbeit. Es ist saubere und gute Arbeit.

Was soll er bedauern? Dass er die Aufzucht und Pflege der Tiere nicht liebt? Was eine schmutzige Arbeit ist. Er hasst den Ziegengestank. Das ewig fressende, ewig ausscheidende Vieh. Das Töten und das Schlachten. Will Gott Blut sehen und den Tod, er, der doch angeblich Leben gegeben hat?

Blutopfer, ist es das, was er möchte?

Die Sonne ist aufgegangen, steigt immer höher. Schon überstrahlt sie Haus und Felder und Gehege, taucht alles in Sommerhitze. Es wird Zeit, heut ist der Tag der Tage. Da geht er, der Verhasste. Wie selbstgefällig er daherkommt, stets ein sorgloses Lächeln auf den Lippen. In dieser provokanten Art, wie seit jeher, schon von Kindheit an, immer aufs Neue hat es böses Blut gegeben. Jetzt ist er drüben, bei den Ställen, der

Vater kommt zu ihm, klopft ihm auf die Schulter, anerkennend, man hört sie beide lachen.

Hat er je so gelacht, außer mit ihm, seinem nachgeborenen Sohn? Mit dem ist er nie in Streit geraten, hat nie diese immer wiederkehrenden Debatten geführt. Hat nie die harten Worte gefunden, die, so leicht dahingesagt, sich lebenslang in Seelen brennen. Hat ihn nie die Missachtung spüren lassen, so abgrundtief, die schlimmste und unmenschlichste aller Strafen.

Die Mutter ist unruhig gewesen, in den vergangenen Tagen. Als hätte sie's im Gefühl, dass irgendetwas bevorsteht, etwas unaufhaltsam seinen Lauf nimmt, ein Unheil. Ihr Schlaf war unruhig, ihre Träume verworren und voller Widersprüche.

»Was ist?«, hat er sie noch gestern gefragt. »Was hast du?«

»Nichts«, hat sie geantwortet, »gar nichts.«

Am Morgen dann hat sie gesagt: »Sei heute vorsichtig!« In Angst um ihn, den Ersten, den Ältesten. Als sei er es, um den man sich sorgen müsste. Gerade so, als wüsste sie, wozu er verurteilt war, und dass ihn ein viel größeres Leid treffen würde als der Tod.

Mittags wartet man, die Mahlzeit steht bereit.

Doch die beiden Söhne kommen nicht. Alles Warten ist vergebens.

Den einen wird der Vater finden. Wird einen Laut ausstoßen, wie man es tut, wenn einem das

Herz bricht. Den anderen wird man niemals wiedersehen. Nie um die Narbe wissen, die im Kampf mit dem Bruder entstanden ist und die ihn für immer zeichnen wird. Von der man sagen wird, sie sei von Gott.

24

Gott begab sich auf die Reise durch das All. Das sich aus der begrenzten Sicht der Menschen immer noch auszudehnen schien. Die nicht ahnen konnten, dass sie nicht mehr als einen winzigen Teil überblickten – und auch nie mehr als das überblicken würden, so viele (immer und immer bessere) Teleskope sie auch entwickeln mochten. Deren Perspektive vermutlich niemals ausreichen würde zu erkennen, dass die Bewegungen von Ausdehnen und Zusammenziehen sich viel größer und viel komplexer gestalteten, als sie je würden annehmen können.

Gott reiste durch das All, indem er selbst sich ausdehnte. Immer mehr Raum und schließlich den ganzen Raum einnahm. Das tat er, indem er klein wurde, winzig klein, klein und immer kleiner. Indem er dies tat, wuchs er. Und schrumpfte, indem er wuchs. Gleichzeitig blieb er völlig unverändert, allein indem er sich wandelte. Dies in atemberaubender Geschwindigkeit, indem er verharrte. Völlig verharrte, indem er dahinraste. Er raste derart schnell, dass er die Zeit und sich selbst überholte. Und den Punkt erreichte, wo er gestartet war. Wo er jedoch niemals gewesen war. Und also auch nie fort gewesen.

Er nahm das ganze All ein, indem er Grenzen und Endlichkeiten nie erreichte. Weil es keine gab. Und weil sie nicht existierten und er sie also nie erreichen konnte, erreichte er sie. Ebenso wie es unmöglich war, sie zu erreichen, war es unmöglich, sie nicht zu erreichen. Weil Gesetze sich nur definieren durch ihre Übertretbarkeit.

Menschen strebten indessen nach in sich logischen Gesetzmäßigkeiten, die in Beziehung zu ihrer eigenen Begrenztheit einen Sinn ergaben. Suchten nach Fassbarkeiten. Während doch in Wahrheit alles ganz unfassbar war. Und es ganz unfassbar gewesen wäre, Dinge fassbar zu machen.

Die Welt bestand aus den Dimensionen Raum und Zeit und Unfassbarkeit.

Gott war auf der Reise durch das All, in Betrachtung aller Welten, die aus der Schöpfung hervorgegangen waren. Aller Planeten, wo höheres Leben entstanden war, in unendlicher Vielfalt. Kreaturen aller Arten, aller Ausprägung und Gestalt. Alles, was denkbar war, existierte. Es gab alles, was es geben konnte. Es gab nichts, was es nicht gab.

Alle Wesen, alle Kreaturen existierten, alle strebten. Nach Leben, nach Überleben. Nach Unsterblichkeit. Weil sie sterblich waren. Wären sie unsterblich gewesen, hätten sie nach Sterblichkeit gestrebt. Alles Existierende tendierte stets zum Gegenteiligen. Und es gab in dieser Hinsicht keine Erreichbarkeit, weil sonst alles nichtig geworden wäre, in einem Prozess der ewigen Umkehr.

Alle Wesen strebten, hatten Hoffnungen und Sehnsüchte, und alle sehnten sich nach ihm, nach Gott. Sie alle erschufen ihn, den, der sie erschaffen hatte. Haben musste. Sie alle glaubten an ihn. Sie alle legten ihr Dasein in seine Hände, auch die, die vehement behaupteten, es nicht zu tun. Denn schon indem sie ihm abschworen, erkannten sie ja seine Existenz an, kamen an dieser seiner Existenz in ihrem Denken nicht vorbei. Und sei es auch nur in dem Bestreben, ihn für nicht existent zu erklären. Konnte man doch nur das für nicht existent erklären, das man sich denken konnte, das in den Köpfen schon Gestalt angenommen hatte. Das also schon existierte. Indem es denkbar war.

Es war überall das Gleiche. Alle erschufen sie ihn. Alle opferten sie und erbauten ihm Tempel. Alle führten Kriege und erbaten seinen Beistand. In unendlich vielen Welten mit unendlich vielen Kreaturen hielt sich jeder für einzig, für auserkoren. Für privilegiert, seinem Gott ganz besonders am Herzen zu liegen. Alle waren sie so klein und so verletzlich. Alle auf der Suche. Alle ausgestattet mit diesem inneren Streben. Dieser Vorstellung, dass da etwas sein müsse. Weil es doch gar nicht *nicht* sein könne. Wie gar so manches Tier im Aufblicken zur Sonne die diffuse Vorstellung einer spendenden Kraft entwickelte, eines immer Wiederkehrenden, das fern über allem stand. Unerreichbar, unerklärlich. Fraglos.

Gott wuchs, bis ihm das All vorkam wie etwas unendlich Kleines. Er schrumpfte, bis ihm das All gigantisch erschien wie etwas sich aus sich selbst Nährendes, sich selbst Verzehrendes.

Er erwuchs in Winzigkeit und schwand zur Größe, so lange und so unzeitig, bis die Welt verging und entstand und wieder verging, anfang- und endlos, seit ewig, bis in alle Zeit. Als hätte sie niemals existiert. Und wäre schon immer dagewesen.

25

Östlich von Eden lebte der Gezeichnete, im Schutzbann des Herrn.

Wo er auch hinkam, war alles öde und leer.

Wo er auch war, verdorrten die Ähren.

Immer säte er, landauf, landab, eine tote Saat.

Kein Tag bot Erlösung, keine Nacht Frieden.

Wohl fand er in der Ferne eine Frau, hatte Kinder. Nachkommen, verflucht bis ins siebte Glied.

Nie sollte seine Flucht zu Ende gehen, nie würde er Erfüllung finden.

Aufgeknüpft fand man ihn, den Adamssohn, den Erhängten.

26

Viele Propheten, viele Verkünder verbreiteten in seinem, Gottes, Namen ihre Botschaft, gaben sich aus als berufen, als gesandt. Ließen ihr bisheriges Leben hinter sich und widmeten es allein ihrer Mission. Buhlten um die Gefolgschaft der ganzen Welt. Zogen gar in Kriege, um den Menschen aufzuzwingen, was sie für den rechten Glauben hielten. Töteten in seinem Namen, um ihm Geltung zu verschaffen wie einem dahergelaufenen Herrscher, einem x-beliebigen König. Und glaubten ernsthaft, sich dadurch seinen Segen zu verdienen. Und ihre Gefolgsleute erhoben sie in den Stand von Erhabenen. Auf dass ihre Weisungen und ihre Worte Geltung hätten für alle Zeit. Bis in alle Ewigkeit. Also weit über den fernen Zeitpunkt hinaus, da der Planet in einer sich aufblähenden, dahinsterbenden Sonne verbrannte.

Und so war es überall.

Denn Gott fand auf seiner Reise durch den Raum allenthalben Planeten, darunter auch solche, auf denen sich das Leben zu Höherem entwickelt hatte und wo Kulturen entstanden waren. Deren Vertreter den Menschen mehr oder weniger ähnlich waren. So sehr sich einige auf den ersten Blick unterschieden, sie alle benötigten Gehirne, Sinnesorgane, Gliedmaßen und eine Art Verständigung. In welchem Maße sie auch immer ihre Eigenart ausprägten, es lief doch überall auf das Gleiche hinaus.

Denn sie alle verfielen früher oder später darauf, ihm, dem einen und einzigen Gott zu huldigen. Sie alle brachten Opfer. Und sie alle suchten seine Nähe im Gebet.

Welche Anstrengungen sie unternahmen, ihm nahezukommen! Sich seiner Gunst zu versichern. Sie bauten Tempel, groß und immer gewaltiger, hoch und immer höher, mit die Kuppeln überragenden Türmen. Türme, die immer weiter und weiter aufstrebten. Sie wuchsen in den Himmel wie Antennen. Als gelte es Grenzen zu durchdringen, Wolkenschichten und Sphären, um einen Empfang herzustellen. Als gelte es die eigene Winzigkeit und Unauffälligkeit zu überwinden und eine Gottheit erst auf sich aufmerksam zu machen.

Manche Kulturen widmeten ihre ganze Kraft nur diesem einen Ziel und erbauten Tempelanlagen mit Auftürmungen von solch schwindelerregender Höhe, dass denjenigen, die dazu privilegiert waren, dorthin aufzusteigen, in der dünnen Luft die Sinne schwanden. Und wer es überlebte, konnte nicht widerstehen, von Visionen zu berichten, ja von der Begegnung mit dem Schöpfer.

Doch alle diese Türme stürzten ein und mit ihnen auch der Traum von der Existenz auf einer Ebene mit Gott.

Auf einem Planeten erbauten Menschen gigantische Schüsseln, die allein dem Senden und Empfangen von Botschaften dienten, der Kontaktaufnahme mit Gott. Und wenn sie ihre Botschaften funkten, reckten sich die Gesichter gen Himmel. Immer ging der Blick aufwärts, war immer der Höhe verhaftet. Stets war es dort, wo man ihn vermutete, in der Weite des Ungewissen.

Nur einen einzigen Planeten gab es, wo man den Blick zu Boden richtete, wo man Gott im Inneren verortete. Weshalb die Menschen dort zu graben begannen. Zuerst Löcher und Gruben, später Schächte, die immer tiefer und tiefer hinabreichten, in dem Bemühen, unter die Oberfläche vorzudringen, wo es rumorte, ins Innere des Planeten vorzustoßen, so nahe wie möglich an seinen Kern. Generationen gaben sich der Bemühung hin, diese Projekte voranzutreiben. Dynastien von Herrschern, Jahrhunderte und Jahrtausende vergingen darüber, Kriege wurden um dieser Schachtungen willen geführt, bis sich immer die Gelegenheit und Möglichkeit fand, die Anstrengungen wieder aufzunehmen und voranzutreiben, zwischenzeitlich verfallene Schachtanlagen wieder zu erneuern. Auf dieser Welt waren die Architekten Könige und genossen selbst den Ruf von Halbgöttern, ihre Kunst suchte ihresgleichen im Universum.

Seltsame Blüten trieb ansonsten der Hang zur Höhe und zur Erhöhung. Nicht nur, dass allenthalben Berggipfel und Gebirge zu heiligen Orten und Wohnstätten Gottes erklärt wurden. Nicht bloß, dass man ihn auf Monden und Gestirnen suchte, die man als Nachbarwelten erkannte.

Denn auf einem der Planeten stellte sich die Evolution selbst in den Dienst der Sehnsucht nach dem Göttlichen, indem die Menschen im Laufe abertausender Generationen immer größer wurden, einen Körperbau mit immer schlankeren Gliedern und mit immer längeren Hälsen entwickelten. Bis sie absurd hoch gewachsen waren und ihre Hälse sich aberwitzig weit ausfahren ließen wie Teleskop-Arme. Immer höher reckten sich ihre Köpfe in die Höhe, infolge ihres Kults, stets die Größten mit den längsten Hälsen zu Würdenträgern und Stammeltern zu machen. In dem Glauben, Gott immer näher zu kommen.

Es gab Planeten, wo der Opferkult zur Religion selbst wurde und alle kulturellen Errungenschaften mit der Zeit verschlang. Wo man Menschenopfer darbrachte in dem wahnsinnigen Glauben, die oder der Höchste sei nur mit Blutzoll zu besänftigen. Sodass Gott schließlich nicht mehr war als ein ewig Lebendopfer verschlingendes Monster.

Jeder dieser Götter war Spiegel der Kultur, die ihm huldigte, und jede der Kulturen stellte sich selbst ihr Zeugnis aus.

Die Kreaturen beteten, in einer unüberschaubaren Zahl von Sprachen, in einer Vielfalt von Arten. Erfanden unzählige Riten. Und immer gaben sie Gott ihre eigene Gestalt. Immer ihm die Schuld. Und immer für alles Absolution.

Sie alle versuchten Gott in seiner unermesslichen Höhe zu erreichen, in Wort und Tat, sie alle errichteten Altäre, Tempel und Türme. Erlernten gar die Kunst des Fliegens, in Beherrschung der Aufwinde und des Auftriebs, um ihm näher zu sein. Wurden am Ende Raumfahrer, in dem sinnlosen Bemühen, kosmische Dimensionen einzugrenzen – und die Formel göttlicher Schöpfung zu entschlüsseln.

Doch stets war es der Gott Mammon, der all ihre Anstrengungen überhöhte, alle Bestrebungen überflügelte. Immer verkam alles Streben zu einem Akt der Bereicherung, immer wurden die einen reich daran und die anderen arm. Immer wurden wenige zu Erhabenen und viele in den Schmutz getreten. Also gab es immer diejenigen, die ihre Strebsamkeit zur Messlatte machten und sich auserwählt wähnten. Die sich sicher waren, ihren Platz im Himmel bereits reserviert zu haben. Durch Einfluss und Reichtum. Immer zeitigte der Glaube eine Kaste von Reichen und Mächtigen.

Und immer fanden sich jene, die sich selbst zu Göttern erklärten.

Selbstsucht und Vermessenheit waren grenzenlos.

27

Irgendwo auf diesem weiten Erdkreis, der für die Menschen lange Zeit die ganze Welt bedeutete, in einem kleinen Dorf namens Domrémy, tief in der Provinz, vernahm eines Tages ein Mädchen von gerade dreizehn Jahren himmlische Stimmen, die ihr befahlen, nach Orléans und in einen Krieg zu ziehen, um ihren König und ihr Land zu retten.

Eine Marotte, dachte man. Frühreifliche Spinnerei. Sie wird schon wieder zur Vernunft kommen.

Doch Jeanne, das Mädchen, schwor, mit dem Himmel selbst in Verbindung zu stehen.

Sie ist verrückt, sagten die Leute, sie hat den Verstand verloren. Mühsam nahmen ihre Eltern, nahm ihre Familie sie in Schutz. Immerhin, sie war harmlos, tat niemandem etwas zuleide.

Doch wie sehr man auch auf sie einwirkte, auf sie einredete, ihr drohte – sie blieb bei ihren Schilderungen eines himmlischen Auftrags, einer göttlichen Mission.

Der örtliche Geistliche trat auf den Plan, sie ins Gebet zu nehmen. Weiß Gott, streng genug. Doch als er sie reden hörte, ihre Schilderungen vernahm, wurde er nachdenklich, kleinlaut.

Was hatte sie an sich, das alle in ihrer Umgebung am Ende glauben machte, sie sage die Wahrheit? Welches Charisma, welche Aura war nötig, die engstirnigen Menschen ihrer Zeit davon zu überzeugen? Anstatt sie in die Schranken der Realität des 15. Jahrhunderts zu verweisen, ließ man sie schließlich ziehen. Als Siebzehnjährige begab sie sich zur nächstgelegenen Festung, um ihr Anliegen dem dortigen Stadtkommandanten vorzutragen. Dieser, anstatt sie einzusperren, verschaffte ihr eine Eskorte, die sie an die Loire geleitete, zu ihrem ungekrönten König, der mit ihrer Hilfe als Karl VII. in die Geschichte eingehen sollte.

Obwohl dieser sich – eine erste Prüfung – unköniglich gekleidet in der Menge seiner Höflinge verbarg, konnte sie ihn leicht an seinem von Natur aufgedunsenen, trübäugigen Gesicht erkennen, wie sie es zuvor auf ihrem Weg im volksmündlichen Klatsch und Tratsch beschrieben gefunden hatte. Ein Ereignis, das man jedoch allenthalben als Zeichen ihrer Glaubwürdigkeit, wenn nicht gar als erstes Wunder anzusehen bereit war.

Als sie ihm von ihrer göttlichen Mission berichtete, zeigte er sich zumindest zugänglich, verblüfft von ihrer unvermuteten Charakterfestigkeit.

Eine Verrückte, befanden die Berater des Dauphins, ganz offenbar. Und dieser, selbst nicht eben mit großer Intelligenz geschlagen, plapperte es ihnen bald nach. Immerhin, sie konnte von Nutzen sein. Vielleicht hatte sie ja – sozusagen – wirklich der Himmel geschickt.

Man beschloss, sie Prüfungen zu unterziehen. Dann würde sich herausstellen, ob sie hielt, was sie versprach. Ob sie meinte, was sie sagte. Ob sie noch Jungfrau war.

Jeanne bestand alle Prüfungen, alle Untersuchungen, alle Befragungen. Eisern blieb sie bei ihren Behauptungen, bot den Delegationen weltlicher und geistlicher Würdenträger die Stirn. Die eigentlich nichts anderes vorhatten, als sie der Scharlatanerie zu überführen.

Wir könnten einen Versuch mit ihr machen, sagten die Berater des Dauphins. Was schadet es, sie weiter auf die Probe zu stellen?

Der Dauphin, von phlegmatischer, ängstlicher Natur, zauderte. Was, fragte er, wenn sie am Ende doch einfach bloß verrückt ist?

Dann sei es drum, sagten die Berater. Doch nicht, dass wir eine Chance vertun. Die Menschen sind leichtgläubig, auch der Feind.

In der Tat, schon war man bereit, sie als Heilsbringerin zu verehren. Sobald sie allerdings versagte, würde der Mob nicht weniger bereitstehen, sie in der Gosse zu ersäufen ...

Und so schmiedete man Jeanne eine Rüstung und versah sie mit Waffen und einem Trupp Soldaten, um einen Proviantzug nach Orléans zu geleiten. Niemand geringeren als den großen Étienne de Vignolles stellte man ihr zur Seite, überall als »La Hire« bekannt, ein Fels von einem Mann, der als unerschrockener Kämpfer schon zu

Lebzeiten einen legendären Ruf genoss. Niemand war skeptischer als er, was dieses Mädchen betraf, das sich einbildete, eine Armee führen zu können. Niemand war mehr bereit, sie in die Schranken zu weisen und ihren Anspruch ad absurdum zu führen.

Doch als er sie sah, ein unscheinbares, nicht einmal sehr einnehmendes junges Ding, nicht viel mehr als ein großes Kind, da erspürte er über Äußerlichkeiten hinaus eine innere Festigkeit und Kraft, die ihn verblüffte, auf eine Art, die einer Erweckung gleichkam. Als er erlebte, wie sie sprach, mit welcher Überzeugung sie Zukünftiges als bereits vollendet schilderte, entdeckte er darin eine Beseeltheit. Sicher, es hatte etwas unendlich Naives, doch war gerade diese grenzenlose Naivität von einer Dynamik, der selbst er, der gestandene alte Haudegen, der bereits besungene Ritter, sich nicht entziehen konnte. Vielleicht war es gerade das, was man brauchte: das Gehabe einer himmlischen Erlöserin, in Gestalt eines Bauernmädchens, einer Schafhirtin. Kein Mann, welchen Alters und Standes auch immer, hätte das verkörpern können, in dieser geradezu hanebüchenen Widersinnigkeit.

Ich werde dieses Mädchen beschützen, sagte er, und sie verteidigen, bis aufs Blut, zur Not mit meinem Leben. So wahr mir Gott helfe!

Im Zuge der anstehenden Mission wich er nicht von ihrer Seite. Vielleicht brauchte es Männer wie ihn, gestandene Krieger, die eigentlich und wirklich für einen Erfolg verantwortlich zeichneten. Aber sie musste die Lichtgestalt sein. Auf ihr mussten aller Augen ruhen.

Der Einzug der Jungfrau am Ort des Geschehens, ihre erste gelungene Mission gestaltete sich zu einem Spektakel.

Und danach reihte sich ein Erfolg an den anderen. Selbst eine schwere Verwundung in der folgenden Schlacht im Zuge der Belagerung von Orléans konnte das Mädchen nicht aufhalten. Von einem gegnerischen Pfeil so schwer getroffen, dass sie dem Zusammenbruch nahe war, kämpfte sie trotzdem bis zum Ende und führte die bereits kampfmüden Männer, willens, ihrem Beispiel zu folgen, zum Sieg. Bis die feindlichen Engländer schließlich den Rückzug antreten mussten.

Nur Wochen später wurde der Dauphin in der Kathedrale zu Reims feierlich zum König gesalbt. Und Jeanne als seine Retterin bejubelt.

Sie war – mit La Hire an ihrer Seite – von Sieg zu Sieg geeilt, in Jargeau, in Meung-sur-Loire, bei Beaugency und schließlich auf dem Schlachtfeld von Patay. Die endgültige Eroberung Frankreichs durch die Engländer war abgewendet.

Ihre Mission war jedoch noch nicht erfüllt. Sie brannte darauf, fortzufahren und ganz Frankreich zu befreien. Jetzt, sagte sie, jetzt gelte es die Gunst der Stunde zu nutzen! Befeuert durch die Fürsprache ihrer Stimmen – und die Fürsprache

La Hires. Der vor dem König und seinen Beratern
für sie eintrat, glühende Reden hielt, für taube
Ohren.

Denn die Berater zögerten.

In der Tat, das Mädchen war ihnen und ihrer
Majestät nützlich gewesen. Doch warum weitergehen – und alles Erreichte aufs Spiel setzen?
Immerhin hatte man, was man wollte. Und
konnte sich fortan den Annehmlichkeiten des
Lebens am königlichen Hof hingeben. Die diplo-
matischen Kontakte zum gegnerischen Lager – die
es fortwährend gab und die durchaus nicht so
feindselig waren, wie man hätte annehmen
müssen – ließen erkennen, dass man dort bereit
war, sich einstweilen mit dem Status Quo
zufrieden zu geben, anstatt neue Armeen mobil zu
machen. Allzu viel hatte man in Wahrheit ja nicht
erreicht, nicht mehr als eine Korrektur der Fron-
ten – die sich ohnehin im Ablauf von Jahrzehnten, in einem zum Dauerzustand gewordenen
Krieg, mehr oder weniger verschoben. Man hatte
mit diesem Zustand zu leben gelernt. Der König
war nun gekrönt. Wer wollte aber einen totalen
Sieg, wenn der Weg dorthin noch so steinig war?
Warum die Übermacht der Engländer übermäßig
herausfordern und sie zu neuen Bündnissen
anstacheln? Wenn sich soeben die Gelegenheit
ergab, Englands wichtigsten Verbündeten, die
Burgunder, auf die eigene Seite zu ziehen.
Schließlich, ein weiterer Feldzug war mit hohen

Kosten verbunden. Und mit Risiken. Alles bislang Erzielte mochte am Ende wieder verloren gehen.

So ließ seine königliche Gnaden auf Geheiß seiner Strippenzieher die Chance verstreichen, den Vorteil zu nutzen – und gab dem Feind Gelegenheit, seine Wunden zu lecken.

Als der Ansturm auf Paris auf Jeannes und La Hires hartnäckiges Bestreben hin schließlich doch noch erfolgte, war er nur halbherzig inszeniert – und musste folglich scheitern. Was dem Ärger am Hof aber keinen Abbruch tat. Schließlich hatte man es ja kommen sehen. Es war nun Zeit, höchste Zeit, diese Jungfrau loszuwerden, die ihre großen Versprechungen, ihre vollmundigen Prophezeiungen nicht hatte erfüllen können. Die aber immer noch weiter auf große strategische Manöver drängte.

Sie wollte nicht aufhören zu kämpfen, doch die militärische Unterstützung des Königs schwand auf ein Minimum. Im Zuge der Belagerung von Compiègne, bei ihrem verzweifelten Versuch, den Bürgern der Stadt die Flucht zu ermöglichen, geriet sie in Gefangenschaft und blieb den Burgundern überlassen, die sie einkerkerten und Verhören unterzogen. Die sie begafften und allen möglichen Beschauern immer wieder vorführen ließen. Nach monatelanger Gefangenschaft, dem vergeblichen Versuch, ihren Willen zu brechen, wurde sie an die Engländer verkauft. Welche wiederum vor den Augen der Welt nicht versäumen wollten, ihr aufwändig den Prozess zu machen. Die ihr so lange zusetzten und sie folterten, bis alle Tapferkeit an Grenzen kam und ihr nichts übrig blieb, als ihren Behauptungen abzuschwören. Nur um sie bald darauf – vehementer als zuvor – wieder zu erneuern. Am Ende wurde sie der Hexerei, der Häresie, der Ketzerei, der Dämonenanbetung und zahlreicher anderer Vergehen für schuldig befunden und zunächst zu lebenslanger Haft, in einem weiteren Prozess schließlich zum Tod durch Verbrennung verurteilt.

Doch unterdessen vergingen viele Wochen und Monate. Wenn auch der König (den ohnehin nichts interessierte als Völlerei und die Liebesdienste seiner Mätressen) sie verraten hatte und wenn auch ganz Frankreich sie verloren glaubte, so gab es doch einen Mann, der bereit war, alles zu ihrer Rettung zu unternehmen.

Und das war La Hire, der ihr den Treueschwur geleistet hatte.

Was sollte er tun – leben und alt werden, immer in der Erinnerung, dass er dieses Mädchen im Stich gelassen hatte? Mit einer Schar ihm ergebener Männer wagte er schließlich den Vorstoß nach Rouen, der Stadt an der Seine, wo Jeanne gefangen saß. Es war ein vergeblicher Versuch – und endete auch für ihn in Kerkerhaft. Der letzte große Ritter Frankreichs konnte für seine Schutzbefohlene nichts mehr tun.

Monate später sollte ihm die Flucht aus dem Gefängnis gelingen. Nur um seine Freiheit dafür zu nutzen, den Kampf gegen die Engländer wieder aufzunehmen, verbissener als zuvor. Das Schicksal der Jungfrau konnte er nie verwinden. Verbittert, mit zunehmender Grausamkeit, mordend und hasardierend zog er eine Spur der Verwüstung durch den Norden des Landes, eigentlich aus Wut auf Gott. Wodurch der Schmerz in seinem Innern nicht zu lindern war. Er starb zwölf Jahre später, noch nicht fünfundfünfzig, an Verwundungen, erlitten in einer Schlacht. Sein letzter Gedanke galt dem Mädchen aus Domrémy.

Da war Jeanne längst tot. Und ihre Asche in die Seine gestreut.

Wie tapfer sie sich schlug, in ihren letzten Monaten! Wie unbeirrt sie ihren Weg zu Ende ging! Über ein Jahr Haft und monatelange Prozesse. Wortgefechte vor fadenscheinigen Tribunalen, vor klerikalen Holzköpfen, in denen sie sich ihren Widersachern oft genug an rhetorischer Fertigkeit ebenbürtig zeigte. Die Einsamkeit in der Zelle, die Schikanen, die Übergriffe der Wächter, vor denen sie auch ihre Männerkleidung nicht schützen konnte. Niemand erfuhr das Ausmaß dessen, was ihr angetan wurde. Und dass im Feuer auf dem Marktplatz von Rouen nicht nur ein Herz schlug, nicht nur eine Seele verbrannte.

Als die Flammen aufzüngelten und höher schlugen, war in ihr immer noch ein fester

Glaube, immer noch Hoffnung auf Rettung. Eine himmlische Rettung, zweifellos. Und wenn sie nur in einem Überführen ins ewige Leben bestand. Sie bettelte nicht, sie weinte nicht, ein Mädchen von nicht einmal zwanzig Jahren. Nur ihre Schreie waren zu hören, noch viele Jahrhunderte lang.

Warum besann sie sich nicht, wenigstens jetzt? Warum bat sie nicht um Gnade? Es konnte nur bedeuten, dass sie aus unerschütterlicher Überzeugung handelte.

Glaubte sie allen Ernstes, er, Gott, habe sie beauftragt? Um diesem inzüchtigen, ewig lüsternen Esel zum Thron zu verhelfen? Der keinen Finger gerührt hatte, sie zu retten. Und der nur dank ihr in der Lage war, die Engländer im Folgenden endgültig zu besiegen.

Armes Mädchen! Sie dauerte ihn. Es war erschütternd, ihre Gebete zu hören, in der klammen Dunkelheit muffiger Kerkerzellen und noch zuletzt, angesichts der aufschießenden Flammen. Doch wie konnte er ihr beistehen, wenn er nicht einmal den Mann aus Nazareth vor dem Kreuz bewahrt hatte?

Zweifellos hatte sie diese Stimmen in ihrem Kopf tatsächlich gehört.

Mochte der Teufel wissen, woher sie kamen!

28

So mischte sich Gott also unter die Menschen. Wie Götter das so tun. Die dieser Versuchung einfach nicht widerstehen können.

Er besuchte verschiedene Orte zu verschiedenen Zeiten. Saß unerkannt an den Lagerfeuern von Kreaturen, die die Bezeichnung Mensch noch nicht recht verdienten, lauschte ihrer vorläufigen Verständigung, die sich erst auf dem Weg befand, eine regelrechte Sprache zu werden. Er wohnte den Opferriten und sakralen Handlungen früher Sippen und Völkerschaften bei, wurde Zeuge der Inszenierungen von Schamanen und aller Arten von Mittlern zwischen göttlichen und irdischen Sphären. Beobachtete die Zeremonien an heiligen Plätzen, die Erbauung der ersten Kultstätten, Dolmen und Steinkreise, bis hin zu Tempeln, die in ihrer Primitivität diesem Namen noch kaum gerecht werden konnten. Sah die Entstehung der Religionen und der ersten Pilgerschaften zu den Orten, die in seinem Namen geheiligt waren. Wurde Zeuge der Erbauung der Pyramiden und anderer Weltwunder.

Er saß in Schänken und Spelunken und lauschte den Gesprächen der Männer in rauchgeschwängerten Stuben, die dem Wein zusprachen und sich dem Würfelspiel hingaben. Belauschte die Waschfrauen an Flüssen und Brunnen. Sah Mütter Kinder gebären. Kinder ihre

Mütter und Väter begraben, im Werdegang der Rituale. Sah die Schamanen zu heiligen Männern und dann zu Priestern werden, hörte die Predigten in den Tempeln und Kirchen. Sah Religionen und Sekten entstehen.

Er sah Päpste, die lebten wie Fürsten, über alles erhaben, gottgleich, Stellvertreter in seinem Namen. Wie sie sich bereicherten, wie sie schlemmten und prassten, hurten, sich Mätressen hielten und Kinder zeugten. Dem Rausch verfielen, alles zu tun, was offiziell dem Glauben, den sie vertraten, widersprach. Ungestraft wie zur Bestätigung. Grenzenlos arrogant in ihrem Status der Unantastbarkeit. Sah sie in all ihrer Erbärmlichkeit.

Er sah die Mönche in den Klöstern, in ihren Zellen, wie sie Stunde um Stunde beteten, auf bloßen Knien ihre Bußgänge taten, sich mittels größtmöglichem Verzicht und unerträglichem Schmerz in Trancen steigerten, bis zur Besinnungslosigkeit, ja bis zum Tod. Er sah die Nonnen und Mönche, die sich in Gewölben einmauern ließen und dann Monat für Monat, Jahr für Jahr in vollständiger Dunkelheit hockten, allein dem Gebet und auf Gedeih und Verderb ihrem Schicksal ergeben, welches sie allein in seine Hände legten. Sah sie sich in den Wahnsinn beten bis hin zu den halluzinogenen Erscheinungen, die sie für die Gegenwart Gottes nahmen. Nur dann und wann versorgt mit den dürftigsten Speisen, mit Brot und Wasser, gereicht durch ein vergittertes Loch. Bis keine Hand es mehr entgegennahm und ihre geistige Pilgerreise zu Ende war.

Während sich die Äbte in Abgeschiedenheit dem Genuss von Wein und Speisen hingaben und sich mit vollbrüstigen Weibern vergnügten.

Konnten diese ihr Leben nicht besser nutzen als zur fanatisch-selbstsüchtigen Hingabe an einen Wahn? Und wussten jene ihre Verantwortung nicht anders zu tragen als Pavianen auf einem Affenfelsen gleich? Hätten sich diese nicht lieber der Pflege der Kranken und Bedürftigen gewidmet und jene der Taubenzucht?

Er sah Männer und Frauen, die ihr Leben in den Dienst ihres Glaubens stellten und bereit waren, dafür zu sterben. Sah Märtyrer an Kreuzen und Galgen hängen und an Feuerplätzen brennen. Sah Menschen ihren heiligen Büchern gehorchen wie Sklaven, Bücher, in denen ursprüngliche Lehren verdreht wurden und zu einem Flickenteppich von Geschichten und vermeintlichen Überlieferungen und Weisheiten verkamen. Geschichten von inzüchtigen Geschlechtern, Berichte voller hierarchischer Spinnereien, mit Engeln und Erzengeln, Dämonen und ihren Anführern. Als wäre die göttliche Ordnung ein Kasernenhof.

Hierarchisch und martialisch war ihr ganzes Denken, und so sah er sie im Namen ihrer

Religionen töten. Kriege ausrufen, die angeblich heilig waren. Und geführt wurden in seinem, Gottes Namen. Sah die Vertreter einer Religion gegen die anderen sich aufschwingen zu den wahrhaft Gläubigen, die allein verdienten, das Himmelreich zu sehen. Sah sie entarten zu blinden Fanatikern, selbstgerechten Richtern, die allein für ihren der eigenen Beschränktheit entwachsenen Hochmut selbst die göttlichen Strafen verdienten, die sie über ihre Widersacher heraufbeschworen.

Gott verfolgte, wie die Menschen sich langsam aus einem Zustand primitiven Daseins erhoben, wie sie ihre Vernunft ausbildeten, sprechen und schreiben lernten, Ackerbau betrieben und Städte bauten. Und immer zahlreicher wurden. Wie sie lernten, sich die Erde untertan zu machen und alles zu ihrem Vorteil zu nutzen. Wie ihr Geist Erfindungen hervorbrachte, kulturelle Leistungen ermöglichte. Und zu immer Höherem strebte. Und wie dann die Gier und die Jagd nach Profit – die immer dagewesen waren – schließlich alles aus dem Gleichgewicht brachten, alles zerstörten. Wie sie einander unterjochten und ausbeuteten und versklavten. Wie sie Wälder rodeten und immer größere Städte bauten, die ausuferten zu Monstrositäten aus Glas und Beton. Wie sie Meere verschmutzten und überfischten, ganze Arten ausrotteten, Raubbau betrieben und sich um ihre eigenen Ressourcen betrogen. Und selbst das Eis ihrer Pole zum Schmelzen brachten. Wie sie ihren eigenen Planeten, ihre eigene Welt allmählich zerstörten.

Diese Welt erstickte in steigenden Fluten, in Lawinen von Kunststoff und Müll. Erstickte an abgasgeschwängerter Atemluft. Verendete am verendenden Leben der Ozeane, am Abschmelzen der Gletscher, am eskalierenden Ausmaß der Erosion. Die Menschen schwangen sich auf zu einem Seiltanz zwischen Überbevölkerung und der Verheerung selbsterzeugter Epidemien, gefielen sich in einem Spiel mit dem Flaschengeist der Radioaktivität. Sie zerstörten die Schöpfung, die sie demjenigen zuschrieben, den sie für alles verantwortlich zu machen bereit waren, in Unschuld. Hinterließen einen verödeten Planeten voller ausufernder Wüsten, Landstriche ausgelaugter Böden, atomar verstrahlter Zonen, im steigenden Wasser der Ozeane versunkener Archipele.

Zivilisationen vergingen und andere, neue entstanden aus ihrer Asche. Eine jede menetekelte ihre Endzeit, nicht ahnend, wie weit der Weg noch sein würde, welche Stufen der Entwicklung die Spezies noch zu durchlaufen hatte. Die Menschheit erstand immer neu, bis die Legenden voriger Kulturen nichts weiter waren als mythenhafte Schleier, die sich weit im Vergangenen verloren.

Wüsten wurden fruchtbar, Wälder überwucherten die Öde, der Meeresspiegel hob sich und sank, hob sich und sank. Eiszeiten brachen an und gingen vorüber. Neue Städte entstanden, Gebäude türmten sich höher als zuvor. Bis auch diese wieder vergingen und regelrecht im Erdboden versanken.

Die Menschheit passte sich an. Den Bedingungen, den Temperaturen. Schwand dahin und mehrte sich wieder. Durchlief Veränderungen. Bis ihre Vertreter mit denen vor Urzeiten kaum mehr zu vergleichen waren. Alles wuchs und wucherte neu: Städte, Sprachen, Wissenschaften, Künste, Religionen. Kriege. Immer und immer wieder Kriege.

Gott wurde Zeuge.

Wie sie einander unterjochten und ausbeuteten und versklavten. Wie sie Wälder rodeten und immer größere Städte bauten, die ausuferten zu Monstrositäten aus Glas und Beton. Wie sie Meere verschmutzten und überfischten, ganze Arten ausrotteten, Raubbau betrieben und sich um ihre eigenen Ressourcen betrogen. Wie sie ihren eigenen Planeten, ihre eigene Welt allmählich zerstörten.

Immer und immer wieder.

29

Beim Blick zurück kam ihr alles seltsam unwirklich vor.

Was für ein Leben!

Was für ein Zustand: nie zu wissen, woher man kommt, nie seine Wurzeln kennen. Ohne Kindheit, an die es einfach keine Erinnerung gibt. Sich nicht verorten können, immer dieses Gefühl der Unvollständigkeit. Andere erzählen hören von Eltern, Brüdern, Schwestern, Vorfahren vergangener Zeiten. Stets dazu schweigen.

Die Heimat war der Garten, diese kleine Welt im Nirgendwo. Wo alles grün und üppig gewesen war. Und nichts je Anlass zur Sorge geben konnte. Die einzige Heimat, die sie hatten. Wie froh waren sie gewesen, ihn zu verlassen. Und wie hatten sie sich später danach zurückgesehnt.

Das Gefühl der Freiheit war berauschend gewesen. Das Leben plötzlich ein großes Abenteuer. Sie hatten lernen müssen, es selbst in die Hand zu nehmen. Sich selbst ihren Garten zu schaffen, ungleich überschaubarer, ein kleines Stück Land, das sie mit allem versorgte, was sie brauchten. Dort waren sie im Laufe der Jahre damit vertraut geworden, zu pflanzen, was ihnen nützlich war. Nach Wasser zu graben, Tiere zu zähmen. Ebenso wie das Feuer.

Zuerst war alles gut gegangen. Sie hatten einander gehabt. Und dann die Kinder.

Trotz allen Glücks war sie sich manchmal vorgekommen wie verdammt. Zu Schwangerschaften, Totgeburten. Zum Kampf mit der Erde und dem Himmel, mit Unwettern, Missernten. Diese schmerzlichen Momente. Ein Mädchen in den Armen zu halten, ein winzig kleines Wesen, kaum geboren, und zu spüren, wie es unaufhaltsam schwächer wurde, wie es unter den eigenen Händen starb.

In diesem letzten Moment glaubte sie wahrzunehmen, wie etwas ihren Armen und dem sterbenden kleinen Körper entstieg, etwas Unsichtbares, das auffuhr in die Höhe, weit in den Himmel. Wo doch eigentlich immer alles zu Boden sank. Leicht musste es demnach sein, wie ein Rauchschleier.

Es ist das, was von uns bleibt, dachte sie, wenn wir diese Welt verlassen. Also wird etwas von uns eingehen in eine andere Welt.

Dieser Gedanke war tröstlich und ließ ihre unausgegorenen Vorstellungen von Gott Gestalt annehmen. Vielleicht, dachte sie, kehren wir so in den Garten zurück, an einen Ort, wo alles leicht ist und nichts uns je bedrückt. Die Erkenntnis, schon dort gewesen zu sein, war seltsam. Musste es nicht heißen, dass sie vorher bereits ein Leben gehabt hatten, an das sie sich bloß nicht mehr erinnern konnten? Eigentlich war das der logische Schluss. Niemand konnte sich an ein früheres Leben erinnern. Nur umso seltsamer, dass es ihnen gelungen war, diese Nachwelt wieder zu verlassen, um noch einmal zu leben. Was auch das Fehlen der Kindheit erklärte.

Vielleicht waren das alles die Strafen: die ganze Mühsal, das Ankämpfen gegen die Naturgewalten, die Verluste, die Schmerzen, körperlich und seelisch. Die Strafen dafür, dass sie den Garten verlassen und ihn nicht zu schätzen gewusst hatten. Sie hatten dafür um Vergebung gebetet, nach den ersten Jahren, nicht wissend, dass die größten Prüfungen noch bevorstanden.

War es denn nicht irgendwann auch genug?

Welche Grausamkeit: die ältesten Söhne erst aufwachsen zu sehen – um sie dann doch zu verlieren. Tot der eine und der andere auf der Flucht, ein Geächteter für alle Zeit. Sie hatten ihn nie wiedergesehen. Ein Nachkömmling war an seine Stelle getreten. Den Adam gehütet hatte wie seinen Augapfel. Wie er einen über die Maßen frommen und gottesfürchtigen Mann aus ihm gemacht hatte – hätte das nicht auch zu ihrer Zufriedenheit sein müssen? Was störte sie daran?

Vielleicht war es, weil sie Kain nie hatte vergessen können. Und ihn liebte, heimlich, trotz allem.

Ist das gerecht?, fragte sie sich. Und ist ein Gott gerecht und groß, der straft wie ein beleidigtes Kind? Worin liegt dann seine Größe?

Sie musste an so vieles denken. An immer neue Geburten, neue Verluste. Neue Töchter, neue Söhne. Neue Tode. Irgendwann wurde es zur Gnade, dass das Leben nicht länger war. Nicht auszudenken, man würde mehrere hundert Jahre alt und hätte irgendwann mehr als fünfzig Kinder geboren ...

Und wie dann Adam in die Irre gegangen war, auf den Spuren dieses langmähnigen Weibs – Gott allein (oder wer immer statt Seiner Böses schuf) wusste, woher sie gekommen war und wie lange es sie schon gab. Sie ahnte nicht, dass es so vorherbestimmt war: dass im Leben eines jeden Mannes eines Tages die Verführerin auftauchte, wie eine Dämonin, deren Name und Aussehen völlig austauschbar war, wichtig war allein ihre Existenz, die Rolle, die sie einzunehmen hatte. Wenn sie gesandt war, dann gewiss nicht von Gott.

Adam veränderte sich. Er wurde in sich gekehrt, in der Erinnerung an seine ersten Söhne und ihr Schicksal, in Erkenntnis der Fehler, die er begangen hatte, im Bewusstsein, in welchem Maße er sich schuldig gemacht hatte, eine Last, die er nun zu spüren begann.

Und dann, als das Alter bereits angefangen hatte, seine Schultern zu beugen, war er ausgezogen, den Garten zu suchen, der Weg dorthin, sagte er, musste doch irgendwie zurückzuverfolgen sein. Er verschwand, für Wochen, kam zurück. Nur um aufs Neue aufzubrechen, weil ihn dieser Gedanke nicht mehr losließ.

Immer länger begab er sich auf seine Suche, blieb für Wochen und Monate verschwunden. Je länger er fort war, desto schlimmer wurden ihre Befürchtungen. Doch er kehrte immer wieder zurück, mit wettergegerbtem Gesicht und einer zunehmenden Leere in den Augen. Oft saß er bloß da und starrte vor sich hin.

Wie schön es wäre, sagte er, jetzt, im Alter noch einmal dort zu leben. Dann lächelte er.

Und so starb er, mit einem Lächeln auf den Lippen. Als hätte er den Garten doch noch gefunden.

Eva blieb allein zurück, alt, ergraut, mit einem schmerzenden Rücken und gekrümmten Fingern.

Es gab nur noch einen Wunsch, den sie hatte: das Meer sehen. Andere, die als Händler gereist waren, hatten ihr bestätigt, was die Schlange damals behauptet hatte, vor so unendlich langer Zeit. Dass das Meer weit war, weit bis zum Horizont und weit darüber hinaus. Weit wie ein Himmel auf Erden. Graublau unter Wolken, aber von einem leuchtenden Türkis im Schein der Sonne. Es schäumte an Land, in sich brechenden Wellen, die den Strand fluteten und sich gegen die Felsen rammten, dass es hoch aufspritzte. Bei Sturm sah es aus wie lebendig, eine wogende Fläche. Bei Windstille war es glatt wie ein Spiegel. Es war voller geheimnisvoller Geschöpfe, die die Fischer manchmal in ihren Netzen an Land zogen. Oder von denen sie bloß erzählten: riesige Kreaturen, groß wie Gebirge, die Fontänen ihres Atems hoch in die Luft stießen.

Doch ihr Wunsch erfüllte sich nie.

Fast alles von dem war wahr, was die Schlange gesagt hatte. Es gab eine ganze große weite Welt, es gab noch andere Menschen in dieser Weite.

Allenthalben sah sie die fromm Gläubigen, wie sie vor dem Allmächtigen ihr Haupt beugten, in Ehrfurcht. Also in Verehrung und Furcht. Sie fürchteten Gott. Sie dienten ihm, demütig.

Warum beugst du dich nicht? Fragten die Gottesfürchtigen. Willst du den Zorn Gottes auf dich lenken?

Sie aber sagte: Das ist längst geschehen!

Es war die Rebellin in ihr, die da sprach. Die nie aufgehört hatte zu existieren.

Warum, sagte sie, soll ich knien vor einem Gott, der nicht verzeiht? Auch ich werde ihm nicht verzeihen. Das ist alles an Widerstand, was ich aufzubieten habe. Und alles an Selbstachtung, was ich mir eigenständig geben kann.

Also kniet nur weiter vor ihm nieder und beugt eure Häupter!

Ich aber träume von einem Gott, zu dem ich aufschauen kann.

30

Auf seinem Weg durch die Weiten des Universums fühlte sich Gott immer einsamer. Um ihn her war nichts als die Leere des Raums. Materie und Antimaterie. Konzentration und Auflösung. Entstehung und Verfall. Elemente verdichteten sich zu Sternen, die sich in einem Umwälzungsprozess von Energie verzehrten. Aber es waren nur winzige Punkte im Unendlichen. Der Hauptteil des Kosmos versank in Dunkelheit und Kälte.

Ihn schauderte. Er kam sich verloren vor, wie in die Irre geraten.

Und da waren diese Fragen, die nicht aufhörten ihn zu quälen.

Wer war er? Und woher kam er? Und was war die Rolle, die ihm zukam in diesem gigantischen Verwirrspiel?

Da war so ein Gefühl: Er wäre vielleicht nur ein winziger Teil eines übergeordneten Ganzen. Und dies hier, seine Schöpfung, nur ein lächerliches Stück davon.

Der Gedanke war so aufdringlich, die Zweifel so stark, dass allein deren Existenz den Wahrheitsgehalt bezeugte. Weil kein Gedanke aus dem Nichts heraus entstand. Und nichts bloß gedacht werden konnte, ohne auch ein Existierendes zum Gegenstand zu haben. Es musste folglich noch etwas anderes, viel Größeres geben. Unendlich viel größer als das hier. Eine Instanz weit über ihm. Die sich nie zu erkennen geben würde. Weil wahre Götter sich nun einmal niemals zeigten.

Es musste eine Kraft sein, die aus sich selbst entstand. Und in sich selbst wieder verging. Als hätte es sie nie gegeben. Als wäre sie immer schon da gewesen. Anfang und Ende mussten eins sein, eines musste aus dem anderen hervorgehen, das andere aus dem einen. Nur in einem Wechselspiel ohne Anfang und Ende konnte sie auf ewig existieren.

Und alles mündete immer aufs Neue in dieselben Fragen.

Bin ich Gott?

Und wenn nicht ... wenn nicht ich es bin ...

... wer dann?

31

Irgendwann kam der Tag, an dem auf der Erde der letzte Mensch sein Leben aushauchte.

Das war zu einer Zeit, als die Sonne, im Umfang schon aufgebläht, im fortgeschrittenen Umwandlungsprozess der Elemente, sich selbst allmählich verzehrend, groß und gleißend am Himmel stand.

Längst war der alte Mond verschwunden, zogen statt seiner zwei andere, kleiner und ferner, ihre Bahn, die im Ablauf von Jahrmillionen ins irdische Gravitationsfeld geraten waren, hatte sich das Bild des Planeten und der noch überlebenden Arten gründlich gewandelt. Klein und degeneriert, an Zahl zusammengeschrumpft zu einem Haufen, hatten die letzten Menschen in einer weitgehend ozeanüberfluteten Welt auf einer der Inseln ihre letzte Zuflucht gefunden, in einem zunehmend inzüchtigen Gang der Vermehrung. Die verbliebenen Landmassen unter einer brennenden Sonne waren wüst und öde, kaum nennenswert die Vegetation, kaum erwähnenswert die dürftigen Ressourcen. Kaum noch Leben in den übersalzenen Ozeanen. Alle Anstrengungen galten – zunehmend verzweifelt – der Nahrungssuche. Der klägliche Rest der Menschheit führte wieder das Dasein von Jägern und Sammlern, war in Höhlen zurückgekehrt.

Der Kreis hatte sich geschlossen.

Ein Betrachter längst vergangener Zeiten hätte seine Spezies kaum noch erkannt. Gedrungen, leicht gebeugt duckten sich ihre Vertreter in die Gluthitze der Tage, gezwungen, ihr Leben, soweit es ging, in die Zeiten der Dämmerungen zu verlegen. Ein zweites, inneres Schutzlid bedeckte ihre Augen, schloss sich bei zunehmendem Tageslicht reflexiv über tief liegende Augäpfel. Eine krustige Haut bedeckte den Körper, ausgeprägter noch im Bereich des Kopfes und der Schultern und bis über den Rücken. Bekleidung war mangels Ressourcen im Wesentlichen verschwunden. Das Äußere hatte sich wie auch die inneren Organe den Lebensumständen angepasst. Die Kommunikation war auf ein Mindestmaß gesunken.

Die Menschen hätten über eine Brücke der Zeiten hinweg einander nicht mehr erkannt. Auch bestand keine Erinnerung mehr an einstige Entwicklungsstufen, die Überlieferungen waren kurzfristig und reduzierten sich auf ein Minimum. Nur die Zähigkeit der Spezies überhaupt hatte ein so langes Überleben ermöglicht.

Stetig war die Sippe der Letzten weiter geschwunden. Bis die Inzucht nur noch Monstrositäten hervorbrachte, kaum noch bewegliche, kaum lebensfähige Exemplare. Langsam erlosch etwas vor sich hin wie die Glut eines Feuers.

Eines Morgens kroch nur noch eine der Kreaturen in das Licht eines anbrechenden neuen

Tages, eine Frau, fast noch ein Mädchen, die letzte ihrer Art. Sie verendete am steinigen Strandabschnitt zu Füßen der Klippen, die einmal der Kamm eines Gebirgsmassivs gewesen waren. Fliegende Kreaturen mit riesigen Schwingen, auf ihren weiten Zügen über die Ozeane, kreisten sich ein und verzehrten ihre Überreste.

Die Menschheit war Geschichte.

Ein winziges Kapitel im Ablauf der Zeiten war zu Ende.

32

Während Welten starben, wurden andere gerade erst geboren.

Die Dimensionen gebaren sich selbst immer neu, indem sie sich gegenseitig bedingten. Eine war immer schon vor der anderen dagewesen, und die andere vor der einen. Ein unauflösbares Konstrukt.

Gott und selbst der Teufel waren ein wenig zerknirscht. Was ohne Weiteres mit der Unvergänglichkeit der Vergänglichkeit zu tun hatte. Alles verging. Manchmal auch einem die Laune.

»Nun mach nicht so ein Gesicht!«, sagte Gott. »Dass Planeten und Sonnen nicht ewig existieren, haben wir schließlich gewusst. Aber es entstehen immer noch neue. Und letztlich wird sich alles wiederholen. Die Formel der Ewigkeit kann nur in einem Kreislauf, einer endlosen Wiederholung bestehen.«

»Kannst du das nochmal sagen?« Der Teufel grinste entschuldigend. »Pardon, aber manchmal ist das alles irgendwie ermüdend«, sagte er. »Ich meine, diese Unermüdlichkeit …«

»… die da erweckt wird, ja, ich verstehe. Diese geradlinige Kreisläufigkeit. Jeder Augenblick ist in jedem anderen bereits enthalten. Ich wundere mich soeben immer noch, woher ich eigentlich komme. Und höre dich zum ersten Mal reden.«

»Und das nicht zum letzten Mal.«

»Ein einmaliges Phänomen. Es geschieht ständig. Und auch wieder niemals. So oder so.« Gott seufzte. »Du hast recht, es *ist* ermüdend.«

»Vielleicht werden wir ja einfach alt. Schließlich, wenn alles allmählich vergeht, dann kann es auch uns nicht ewig geben.«

»Es sei denn, immer wieder aufs Neue.«

Der Teufel verstummte kurz, das schien für ihn dann doch eine erschreckende Vorstellung zu sein.

»Hältst du das für möglich: dass es uns eines Tages gar nicht mehr gibt?«

»Wo es uns – deine Worte – womöglich überhaupt nie gegeben hat?«

»Vielleicht lösen wir uns ja auch auf – in Ewigkeit.«

»Amen! – Und jetzt ist es genug. Soll ich dir ehrlich was sagen: Deine ewige Fragerei und deine dauernden Einwürfe gehen mir auf die Nerven. Auch das kann nicht ewig so weitergehen. Überhaupt bin ich es leid, dass du mir bei allem in die Quere kommst, alles und jedes konterkarierst. Ich habe mich schon viel zu lange in Geduld geübt. Schon so manches Mal hab ich daran gedacht, dich zu vernichten – schon so manches Mal!«

»Ja, ich weiß. Aber du hast es nie getan. Das rechne ich dir hoch an. Im Übrigen ist gar nicht gesagt, dass es funktionieren würde. Solange du es nicht auf einen Versuch ankommen lässt, wirst du das nie erfahren. Es würde aber auch ohnehin nicht funktionieren. Denn wenn wir nicht gemeinsam existieren, gerät alles aus den Fugen, aus dem Gleichgewicht. Und das ist dann auch dein Untergang.«

»Schöne Theorie, immer wieder gern vorgetragen. Aber wer beweist mir eigentlich, dass es überhaupt so wäre?«

»Niemand. Und das ist dein Problem. Du kannst es nicht ausprobieren, weil du einfach nicht weißt, ob es schiefgeht. Weil ich von Anfang an da war, kannst du dieses Risiko nicht eingehen. Am Ende wäre es ein verheerender Verlust. Und alles fiele in sich zusammen.«

»Nun ja ... dann sei es so. Ich kann die Dinge nicht mehr ändern. In der Schöpfung ist bereits alles angelegt. So auch, dass am Ende das Gute siegen wird, das sollte dir doch eigentlich klar sein.«

»An welchem Ende? Es gibt keins! Und ist das Gute noch gut, wenn es keinen Widerpart gibt, der alles in der Balance hält? Definiert sich *gut* nicht aus seinem Gegenteil? Pardon, aber das ist der dir auferlegte Fluch: dass du mich nicht loswerden kannst. Und ich verkörpere diesen Fluch. Natürlich, weil Flüche ja etwas Übles sind.«

Gott schwieg. Er wusste, dass der Teufel recht hatte. Und auch wieder nicht. Vermutlich würde es tatsächlich immer so weitergehen. Was bedeutete, dass das Gute vielleicht nicht siegen –

aber auch niemals verlieren würde. Was letztlich auf das Gleiche hinauslief.

Und natürlich wusste das ebenso der Teufel. Ihm war klar, dass dieser Kampf niemals zu gewinnen war. Und dass es darum gar nicht ging. Dieses Universum war verdammt schön, viel zu gut geraten. Wenn auch nicht vollkommen. Es war perfekt in seiner Imperfektion. Und so wie es niemals ganz und gar vollkommen werden konnte, war es auch nie ins Verderben zu stürzen. Vollkommenheit war ein endgültiger Zustand – und in der Ewigkeit nicht zu erreichen. Ebenso wenig wie das vollendete Chaos. Er, die destruktive Kraft, mochte unverzichtbar sein. Aber letzten Endes waren all seine Umtriebe nicht mehr als Nadelstiche.

»Lass uns einfach aufhören!«, sagte der Teufel.

»Ja, wir müssen weitermachen«, sagte Gott.

Oder war es Gott, der das Erstere sagte, und das Letztere der Teufel? Wer was von sich gab, war im Einzelnen nicht immer genau zu bestimmen.

»Ganz ehrlich«, sagte einer von beiden. »Ist diese ganze Diskutiererei nicht vollkommen sinnlos?«

»Ja«, sagte der andere. »Sicher. Ebenso sinnlos wie sie sein zu lassen.«

»Aber eigentlich ist doch – längst – alles gesagt.«

»Alles und nichts – um präzise zu sein.«

»Das heißt: Ob wir's tun oder lassen, kommt wieder mal auf dasselbe raus.«

Sie blickten sich an.

Es war ein sehr verständigender Blick, und vielsagend wäre viel zu wenig gesagt, ihn zu beschreiben. Er war tiefgehend, alles durchdringend. Er sagte eigentlich alles. Alles und nichts. Es war einer dieser Blicke, der Worte nicht mehr benötigt, der über jede verbale Verständigung erhaben ist. Wie man ihn sich zuwirft, wenn es ohnehin nichts mehr zu sagen gibt.

33

Und so beschlossen sie also, fortan für immer
zu schweigen.

P.S.

Sie saßen unter Bäumen und schauten hinunter in das Flusstal, blickten auf die ganze weite Landschaft von Höhenzügen und Tälern und hinab auf die Ebene, die sich dahinter weit bis zum Horizont verlor.

Das war zu Anfang, in den ersten Tagen, als ihre Freiheit noch neu und ungewohnt gewesen und ihnen noch so unendlich kostbar vorgekommen war. Noch waren sie ganz allein, waren niemandem begegnet. Alles war noch fremd und ganz ungewiss, plötzlich voller Überraschungen und Gefahren. Ein Tier hatte sich ihnen genähert, drohend, zähnefletschend, sie hatten es mit hastig aus Ästen zurechtgebrochenen Stöcken und unter immer lauterem Geschrei abwehren müssen. Später hatten sie mehrere von ihnen gesehen, mit aufgestellten Ohren, lauernd, in einigem Abstand. Sie schienen ihnen zu folgen. Während sie mühsam und zeitaufwendig die Suche nach etwas Essbarem betrieben. Es gab kaum einen Zweifel, dass dies weiterhin den Großteil ihrer Tage füllen würde.

Nun lagen sie halb hingestreckt und müde unter den Bäumen, bereit für die Nacht, träge und seltsam glücklich nach den ersten überstandenen Gefahren, inmitten des Geräuschkonzerts unsichtbarer Zikaden. Indem die Dunkelheit sich verdichtete, rückten sie ganz zueinander, begaben sich jeder ganz in die Nähe und Geborgenheit des anderen.

Die Dunkelheit war Schutz und Verhängnis zugleich.

»Glaubst du, dass sie heute Nacht kommen werden, um uns zu holen?«

Auch er war sich ihrer Anwesenheit bewusst. Er konnte sie spüren, gar nicht weit entfernt.

»Schlaf nur«, sagte er. »Ich werde wach bleiben bis zum Morgen.«

Doch als ihre Atemzüge regelmäßig geworden waren und sie begann zu träumen, blickte er ein letztes Mal zum Himmel auf, in ein Meer von Sternen, und schloss dann ebenfalls die Augen, überließ sich ganz seiner tiefen Müdigkeit und ihrem Schicksal.

Da war dieses sichere Gefühl, dass ihnen nichts geschehen würde. Dass irgendjemand, irgendetwas über sie wachte.

Bildnachweis Buchumschlag: Jan Brueghel der
Jüngere, »Paradieslandschaft mit Eva«
Städel Museum, Frankfurt am Main

Die Welt an ihrem schönsten Tag ...

... so überschwänglich empfindet der junge Dichter Friedrich Gottlieb Klopstock seine Lustfahrt auf dem Zürichsee im Sommer 1750. Mit an Bord sind die Stadthonoratioren – und jedem ist eine Dame zugeteilt, in einem spielerischen Partnertausch. Klopstock verliebt sich Hals über Kopf in die erst 17-jährige Anna und ist eifrig bemüht, den Ausflug zu einem amourösen Abenteuer zu gestalten.

»Ein Stück Literaturgeschichte. Fantasievoll, lustvoll, kunstvoll und etwas pathetisch im Stil von damals erzählt.«   *Buchkultur*, Wien

»Deprijck liefert nicht nur einen Einblick in Klopstocks Biographie, sondern auch ein Sittenbild Zürichs im 18. Jahrhundert. Dies mit einer wohltuenden Leichtigkeit.«   *Küsnachter Zeitung*

»Lucien Deprijck nimmt uns mit auf eine spannende Zeitreise – eine Geschichte, die uns anspricht, die uns berührt.«   *Domradio*, Köln

»Ein letzter Tag Unendlichkeit«
Roman, Hardcover, 240 Seiten
Unionsverlag, Zürich
ISBN 978-3-293-00483-2

Lucien Deprijck

Das kommende Leben

Paperback, 416 Seiten

ML Books

ISBN 978-3-7568-0260-9

(Auch als eBook)

Als Sascha Marlon ganz von vorn beginnt, in einer fremden Stadt, wird das auch beruflich zum Wendepunkt: Er hat es plötzlich mit Menschen zu tun, die aus aller Welt nach Europa kommen, auf der Suche nach einem besseren Leben.

Schon bald ist sein Interesse geweckt. Denn hinter Befragungen tun sich Schicksale auf. Die berührend sind – und sein eigenes Leben für immer verändern. Spätestens als er Sarah kennenlernt, die ihm von ihrer dramatischen Flucht aus Nordkorea erzählt.

In der neu bezogenen Wohnung beschleicht ihn dabei ein bedrückendes Gefühl: dass er dort nicht allein ist, dass sich irgendjemand immer wieder Zugang verschafft. Und ihn heimlich beobachtet.

Blaue Ufer

»Das gefühlvollste Buch, das ich seit langem gelesen habe.«
Schmuck_Guggerin, Lovelybooks-Rezensentin

»Der Beginn einer schönen Liebesgeschichte. Sehr emotional und detailreich geschrieben, rührte es in manchen Situationen zu Tränen.«
Ramie70, Lovelybooks-Rezensentin

Ein modernes Märchen über eine ungewöhnliche Liebe.

Undine arbeitet im Aquarium eines Zoos und umgibt sich auch sonst mit allem, was Wasser und blau ist, so als könne sie diese Traumwelt dauerhaft vor der Auseinandersetzung mit ihrer Vergangenheit bewahren.

Eines Tages platzt der Student Adrian in ihr Leben und droht ihre schützende Unnahbarkeit zu durchbrechen. Undine hat Angst vor der Liebe, vor der Wirklichkeit, aber dann merkt sie, dass auch »Meerjungfrauen« Gefühle entwickeln können.

Marina Jenkner: Blaue Ufer

Roman • 196 Seiten • ML Books
Taschenbuch: ISBN 978-3-7562-0624-7 • 9,90 €
Hardcover: ISBN 978-3-7562-0923-1 • 18,90 €

FSC
www.fsc.org
MIX
Papier aus ver-
antwortungsvollen
Quellen
Paper from
responsible sources
FSC® C105338